PIEZAS SUELTAS

DE CARLY ANNE WEST

ILUSTRACIONES DE TIM HEITZ

TRADUCCIÓN DE MARÍA ANGULO FERNÁNDEZ

Título original inglés: *Hello Neighbor. Missing Pieces.*

© tinyBuild, LLC. All Rights Reserved.
© 2018, DYNAMIC PIXELS ™
Edición en español publicada por ROCA EDITORIAL DE LIBROS, S.L. en acuerdo
con Scholastic Inc., 557 Broadway, Nueva York, NY 10012, USA

Primera edición: junio de 2019

© de la traducción: 2019, María Angulo Fernández
© de esta edición: 2019, Roca Editorial de Libros, S.L.
Av. Marquès de l'Argentera 17, pral.
08003 Barcelona
actualidad@rocaeditorial.com
www.rocalibros.com

Diseño del interior: Cheung Tai

Impreso por Liberdúplex, s. l. u.
Sant Llorenç d'Hortons (Barcelona)

ISBN: 978-84-17541-56-9
Depósito legal: B. 13307-2019
Código IBIC: YFC; YFD

RE41569

PRÓLOGO

«Eso no es soñar —solía decir mi abuela—. Eso es que tu alma está inquieta».

Mis padres estaban convencidos de que tenía un sueño ligero y que por eso no descansaba bien. Pero, en realidad, mi abuela tenía razón. Me daba la sensación de que estaba ahí, a mi lado, cada vez que cerraba los ojos e intentaba conciliar el sueño. Por la mañana, nada más despertarme, me obligaba a lavarme las manos, igual que hacía ella.

Y durante todo el proceso, mientras me frotaba las manos hasta casi dejármelas en carne viva y me las secaba con una toalla, no dejaba de chasquear la lengua. «Eres de los que vagan sin rumbo —murmuraba a veces entre dientes—. Tu alma hace que tu cuerpo deambule, hace que te pierdas.» Nunca me quitaba ojo de encima, ni cuando salía disparado del cuarto de baño, ni cuando me vestía para ir a clase. Incluso después de haber cerrado la puerta, la oía regañándome: «¡Deja de deambular por ahí, jovencito! ¡O un día, cuando menos te lo esperes, no volverás a casa!».

Y entonces mis sueños se transformaron en pesadillas.

Mi abuela estaba casi ciega cuando murió, pero era la única que podía ver quién era realmente.

Hasta que conocí a Aaron.

CAPÍTULO 1

—¡**N**icholas, ya es ya! —vocea mi madre desde el pie de la escalera. Con la casa vacía, su voz retumba como un trueno. Es como una pelota, que rebota en las paredes de la casa hasta atravesarme el cráneo.

—Dale un minuto más, Lu —dice papá, sin gritar. El dolor que me martillea la cabeza es tan intenso que cualquier sonido, hasta el susurro de papá, me resulta insoportable. Sé lo que piensan. Que me he pasado toda la noche en vela haciendo algo que no debía hacer, como viciarme a algún videojuego o comer salsa de queso Cheez Whiz a cucharadas, directamente del bote. Pero la verdad es que no he podido pegar ojo porque… no tengo ni la más remota idea. Nada más acostarme estuve mirando la pared. Después, el techo. Horas después, la mosca que había quedado atrapada en la cinta de embalar que, en teoría, sellaba la caja de cartón donde tenía guardadas todas mis herramientas y tres radios CB desmontadas.

—La mudanza nos cobra por horas, Jay. O baja ahora mismo o los nuevos inquilinos van a tener que adoptarlo.

—Hora de irse, Narf —dice papá mientras bajo las escaleras a trompicones.

Sonrío porque sé que papá está haciendo un gran esfuerzo y, a su manera, creo que mamá también.

—Caramba —comenta papá después de que mamá me haya plantado un beso en la cabeza y haya salido por la puerta.

—¿Qué pasa?

—¿A quién pretendes engañar con esa sonrisa? Es espeluznante —bromea.

Me quedo quieto y, por fin, los dos nos relajamos.

—Sé que es difícil —murmura, y se rasca la nuca—. Terriblemente difícil.

—No exageres. No está tan lejos. Tan solo hay que cruzar un puñado de estados —contesto, repitiendo las palabras que mamá lleva diciendo como un loro desde hace tres meses.

—Está a varios años luz de distancia —reconoce papá, y no puedo evitar darles las gracias a los Jefes Supremos Alienígenas del Espacio porque alguien, por fin, diga la verdad.

—Sí, mis legiones de amigos me han suplicado que no me vaya, que no me mude de ciudad. Me han hecho prometerles que les escribiría de vez en cuando —digo. A papá se le borra la sonrisa de inmediato porque sabe, y no se equivoca, que estoy mintiendo.

—Esta no era tu ciudad —dice—. Raven Brooks, en cambio, Raven Brooks sí será tu ciudad.

Cierra la puerta de esa casa que jamás consideré como mía, igual que ocurrió con todas las anteriores que alquilamos.

—Adiós, casa roja —se despide mamá, y echa un último vistazo a la casa a través del espejo retrovisor mientras sigue, tal vez demasiado de cerca, al camión de la mudanza. Se le llenan los ojos de lágrimas y papá le da una palmadita en la espalda en un intento de consolarla.

—Raven Brooks será nuestra ciudad —insiste, pero esta vez en voz alta, para que mamá pueda oírlo. Parece tan convencida como yo. Conducimos durante más de mil cien kilómetros en absoluto silencio, tratando de tragar y digerir la mentira de que

Raven Brooks no está tan lejos de Charleston, igual que nos empeñamos en tragar y digerir la mentira de que la casa azul de Ontario no era tan distinta de la casa marrón de Oakland, o de la amarilla de Redding, o de la de color crema de Coeur d'Alene. Las mentiras cada vez son más grandes y cuestan más de tragar, y de digerir. Los pueblos ya no necesitan directores editoriales si han dejado de imprimir periódicos locales, pero los caseros siguen exigiendo que se les pague el alquiler con dinero contante y sonante.

Así pues, ¿qué más daba una mudanza más, un pueblo más, un colegio más y una casa más? Lo único que debía hacer era acostumbrarme durante unos meses. Aunque quizá esta vez ni siquiera me tomaba la molestia de deshacer las maletas.

CAPÍTULO 2

La casa es turquesa.

—Yo diría que es más bien… aguamarina —opina mamá, y ladea la cabeza, como si estuviera planteándose la idea de pintarla de otro color.

—Cian —sentencia papá—. Se puso muy de moda para pintar los exteriores de las casas.

Papá no tiene ni idea de exteriores, ni de colores, dicho sea de paso. Aunque esa es una de las virtudes de los directores editoriales; son capaces de parecer expertos en cualquier tema.

—¿No era blanca en las fotos? —pregunta mamá.

El camión de mudanzas da un frenazo y las ruedas rechinan sobre el arcén. El estruendo rompe la tranquilidad y el silencio que reinaba en esa calle. Una calle que, por cierto, se llama el Jardín Encantador, lo juro por los Alienígenas. Después, el conductor asoma la cabeza por la ventanilla.

—¿Esta es la vuestra? ¿La turquesa?

Mamá agacha la cabeza.

—Me rindo.

Papá asiente con la cabeza.

—Sí, la turquesa.

El camión da marcha atrás y aparca justo delante. Y así, de un día para otro, nos convertimos en Jay, Luanne y Nicky Roth, los nuevos vecinos de Jardín encantador, número 909, Raven Brooks. Este otoño empezaré octavo en el instituto, en

Raven Brooks Middle School, y seré un alumno brillante en ciencias e inglés y un alumno pésimo en matemáticas y castellano. Seré ese chaval bajito que lleva una camiseta de los Beatles, al que todo el mundo llama «Nate» por error, y al que se le riza tan solo un mechón de pelo, por mucho que intente alisarlo cada mañana. Me zamparé un paquete de cuatro natillas a diario, siempre seré el que se encargará de limpiar la mesa después del almuerzo y me pasaré el resto del recreo desmontando y montando cosas.

—Es una calle bonita —dice papá al ver los jardines prístinos y las ventanas impecables del vecindario. La pintura está un pelín descolorida y los coches que están aparcados son un poquito viejos, pero hemos vivido en zonas mucho peores y, además, ya he visto un par de gatos retozando en parterres. Los gatos siempre son una buena señal.

—Es silenciosa —añade mamá, aunque es imposible saber si eso le parece una virtud o un motivo de preocupación.

—Hay una granja de llamas —digo, y mis padres se giran y me miran con los ojos como platos—. He visto un cartel —explico, y, otra vez, se instala el silencio entre nosotros.

—En fin —dice papá al cabo de un rato—. Creo que nos hemos ganado un Ho Ho.

Mamá siempre se queja de que papá sigue siendo un niño goloso, pero lo cierto es que esa obsesión por el azúcar no es, en absoluto, infantil. En mi humilde opinión, sigue un método bastante adulto y, una vez que consigues descifrar el patrón, es bastante fácil deducir qué le ocurre. Los Ho Hos —unos pastelitos en forma de rollo de chocolate, glaseados y rellenos de nata— significan que está agotado. Los Ding Dongs son los bizcochos de chocolate que engulle de dos en dos cuando está

Los sentimientos de papá, contados por sus **ANTOJOS***

Antojo		Sentimiento
Ho Hos	=	Cansancio
Zingers	=	Tristeza
Twinkies	=	Seriedad
Ding Dongs	=	Felicidad
Suzy G's	=	Celebración

* A veces los antojos pueden combinarse para así satisfacer distintas emociones.

feliz como una perdiz. ¿Una visita a la tienda de dónuts de Suzy Q? ¡Celebración a la vista!

Sin embargo, los pasteles que nunca fallan, que nunca dejan lugar a dudas, son los amarillos. Los Zingers de limón solo pueden significar una cosa, que papá está triste. Los Twinkies, esos deliciosos y esponjosos pastelitos rellenos de nata, solo los saborea cuando tiene que reflexionar sobre grandes cuestiones, cuestiones vitales, del tipo: «¿Los Jefes Supremos Alienígenas del Espacio nos observan?».

Mamá suelta un suspiro.

—Jay, ya te has comido tres.

—¿Qué dices, cielo? No puedo oírte. Ah, pero ¡si son las Ho Hos en punto!

Mis padres entran en casa, pero prefiero disfrutar un poco más de la serenidad de esa calle. Quizá si me quedo un rato, uno de los gatos vendrá a saludarme. Decido sentarme en el bordillo de delante de nuestra nueva casa de color turquesa y empiezo a arrancar briznas de hierba, las que sobresalen. Le doy vueltas a mi último proyecto. Se me ocurrió la idea cuando encontré una especie de nudo de candados viejos en el descampado que había al lado de la casa roja. Cinco candados distintos, todos atados entre sí y ninguna llave a la vista. Me las he ingeniado para abrir dos, pero aún hay tres que se me resisten. Los candados y las cerraduras son la base de mi nuevo proyecto, en concreto, forzarlos o abrirlos. Me da la impresión de que estoy desmontando algo sin desarmarlo, como si estuviera descubriendo un secreto, pero al revés. Traté de explicárselo a mamá, pero creo que no me entendió; a ella le gusta más mirar cositas con el microscopio.

—Creo que eres maravilloso, Nicky —había dicho, y luego me había alzado la barbilla para poder mirarme con esos ojos severos y autoritarios—. Solo te pido que utilices tus poderes para hacer el bien.

Ese es el consejo, o la advertencia, que me da para casi todo. Es una forma de recordarme que incluso las mentes más privilegiadas a veces toman decisiones estúpidas.

Percibo un movimiento al otro lado de la calle y me despierto de esa especie de trance, de letargo. Al principio creo que es un gatito, pero no lo veo por ningún lado. Lo único que veo es una cortina en el segundo piso de la casa de enfrente. Entorno los ojos e intento fijarme más, pero no consigo ver a la persona que ha movido la cortina. Solo advierto el reflejo de un roble retorcido que prácticamente toca el cristal de la ventana. Pero estoy convencido de que alguien estaba ahí, observándome. Es una sensación, una corazonada, como el aire que precede a una tormenta, que huele distinto. Contemplo la ventana un poquito más, hasta que me harto de esperar.

—Obsérvame todo lo que quieras —le digo a la ventana vacía—. No hay nada que ver.

Me pongo de pie para entrar en casa. Empiezo a dudar de la decisión de no deshacer las maletas. Quizá solo abriré la caja de los candados. Y, de repente, oigo un maullido a mis espaldas. Es uno de esos gatos grises con ojos azules. Está lleno de polvo. A simple vista cualquiera diría que se ha pasado la noche revolcándose entre las cenizas de una hoguera. Tiene motas de polvo hasta en los bigotes. Se enrosca alrededor de mi pierna, dibuja un ocho y me rodea el otro tobillo. Tiene una mancha negra en el costado, como si hubiera estado frotándose con un neumático recién puesto.

—Hola, gato —saludo. Nunca fui bueno con los nombres.

Él maúlla como respuesta.

—¿Vives al otro lado de la calle?

Otro maullido.

—Bueno, pues dile al cotilla que vive ahí que deje de espiarme. Es de mala educación.

Alargo la mano para rascarle detrás de las orejas, pero entonces me fulmina con esa mirada felina y noto que algo cambia. Se le encrespa el pelo que le cubre la cola y el lomo y echa las orejas hacia atrás. Abre los ojos y, de repente, me da la impresión de que es un gato totalmente distinto. Un bufido, saca las garras… y un segundo después mi nuevo amigo me araña. El rasguño es largo y fino, hasta la muñeca.

Aparto la mano y, justo cuando estoy a punto de hacer espavientos para ahuyentarlo, veo de nuevo al mirón, observándome desde la ventana y, esta vez, con la cortina totalmente descorrida. Un rostro, o eso creo, se asoma por el marco de la ventana. No parece estar escondiéndose, aunque tampoco da la cara. Quizá sea el reflejo del sol sobre el cristal porque esa piel es demasiado blanca, demasiado pálida. Sí, estoy casi seguro de que es una bombilla, o una lámpara. Pero no, porque distingo unos ojos y una nariz…

El gato vuelve a bufar sin apartar la mirada de la ventana. Y, como por arte de magia, su pelaje se alisa, levanta las orejas y abandona esa postura agazapada de ataque. Se vuelve hacia mí y echo un último vistazo. Solo veo la cortina de antes. Ni cara, ni ojos observándome. Tan solo tela detrás de un cristal.

—Me parece que tú y yo no vamos a ser amigos —le digo al gato, o tal vez a la cara de la ventana. Sea como sea, el gato se escabulle hacia su parterre favorito y yo me retiro al que va a ser mi nuevo hogar. Me muero de ganas por ver qué cerraduras son las más fáciles de forzar y abrir.

* * *

Abro los ojos y, durante un minuto, olvido por completo dónde estoy. Es una de las cosas que más odio de las mudanzas. La habitación todavía no huele a mí; en Charleston, olía a una mezcla de carne marinada y ambientador de vainilla. Aquí, huele como la biblioteca principal de Coeur d'Alene, es decir, a madera vieja con unas notas de moho.

Las sábanas están empapadas de sudor. Hurgo en una caja hasta encontrar una camiseta limpia y después me hago un ovillo bajo las mantas para intentar dormir más. No logro deshacerme de esa maldita pesadilla. Siempre me ocurre lo mismo. Volvía a estar en un supermercado, sentado en el carrito de la compra, con los pies colgando. Estaba oscuro y hacía frío. Frente a mí se alzaban verdaderas montañas de comida enlatada y tenía miedo de que en cualquier momento fueran a desmoronarse y a aplastarme. Como siempre, quería salir del carrito, pedir ayuda o averiguar dónde estaba. Y, como siempre, la mudanza, y todo lo que ello conllevaba, me asustaba.

Es curioso; en el sueño, estoy congelado, petrificado. En la vida real, en cambio, daría todo lo que fuese porque mi familia se quedara en un lugar para siempre, que no se mudara cada dos por tres. Pero luego recuerdo que el lugar más aterrador al que me llevan mis sueños es el supermercado, así que decido no dar más vueltas al tema, ni intentar darle sentido a todo eso.

Arrastro mis candados hasta el alféizar de la ventana. Es lo que más me gusta de mi nueva habitación, ese banco bajo la ventana. Es el lugar perfecto para sentarse y contemplar el resto del Jardín encantador. Desde cierto ángulo, incluso llego a vislumbrar la carretera, aunque ahora lo único que alcanzo a ver es la casa que hay justo delante, lo cual está bien porque debo de ser el único que está despierto a las…

Echo un vistazo al reloj que tengo sobre el escritorio.

—Tres y cuarto.

Me tapo los ojos con las manos y después me masajeo las sienes. Todo apunta a que va a ser un día muy, muy largo.

Desentierro mi colección de herramientas y cachivaches y me pongo a trabajar en ese candado que tanto se me resiste.

Enciendo la linterna e intento escudriñar el interior del agujero, pero se trata de un candado clásico, y apenas logro ver el mecanismo. He intentado utilizar el torquímetro para inmovilizar la clavija, pero la ganzúa de medio diamante de alcance es demasiado rígida y no puedo llegar a esos ángulos.

—Ganzúa de bola —murmuro, y rebusco en el estuche de cuero gastado y raído en el que guardo todas mis herramientas. Se lo compré a un chaval que vivía en las afueras de Charleston. Me dio la sensación de que estaba ansioso y tal vez un pelín impaciente por deshacerse de él—. Ah, aquí estás —le digo a la palanca de aleación de titanio con la punta redondeada.

Empiezo con la ganzúa; la introduzco en el agujero del candado y la muevo con sumo cuidado, primero hacia un ángulo, después hacia el otro, hasta que, por fin, la barra metálica empieza a alzarse.

—Ya casi —susurro. Estoy a punto de vencer al cerrojo, de conseguir otra proeza, y ya comienzo a notar esa sensación de victoria. Quizá, finalmente, este no va a ser un mal día.

Y, de repente, un chillido rompe el silencio nocturno.

Suelto el nudo de cerrojos y caen al suelo. El estruendo retumba en todas las paredes de la casa, pero no dejo que ese ruido me distraiga. Afino el oído e intento percibir los últimos ecos del alarido que debería haber despertado a todo el vecindario. Miro por la ventana pero todo permanece exactamente igual. Nadie enciende una luz. Nadie saca la cabeza por la puerta para comprobar qué ha ocurrido.

El grito era agudo y ensordecedor; en un principio pensé que era un crío, pero ahora ya no estoy tan seguro. He oído balidos de cabras que más bien parecían chillidos de niño y, de camino a la ciudad, vi ese cartel que anunciaba una granja de llamas…

Me he quedado tan petrificado y quieto, que incluso he olvidado pestañear. Noto un escozor en los ojos y los froto. Cuando vuelvo a abrirlos, me fijo en la ventana de la segunda planta de la casa que hay al otro lado de la calle. Esta vez sé que no me equivoco: tras el cristal, alguien que me observa, me vigila.

—Tú, otra vez —susurro, y reconozco que una parte de mí espera una respuesta. Pero, en lugar de eso, acerca un poco más la cabeza a la ventana. Alza las manos y las coloca frente a los ojos, como si fuesen unos prismáticos. Imito el gesto. Estoy frente a un chico que, a primera vista, tiene la misma edad que yo. Tal vez por el resplandor de la luna, o por el contraste de la oscuridad nocturna, el pelo de ese muchacho parece casi blanco. Si estuviésemos en una película de ciencia ficción, creería que le había caído un rayo en la cabeza.

Nos quedamos ahí quietos, ocultando nuestro rostro tras los puños y mirándonos a las tantas de la madrugada durante un buen rato, demasiado rato. Me siento atrapado en ese juego absurdo de «a ver quién aguanta más» y, justo cuando empiezo a hartarme y estoy a punto de tirar la toalla, él golpea el cristal y, de repente, me muestra un papel amarillo que ha debido de arrancar de una libreta y lo enfoca con una linterna. Tiene una nota escrita.

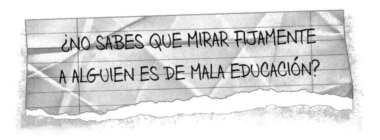

Me oyó hablar con el gato.

Doy un paso hacia atrás para alejarme un poco de la ventana y, con disimulo, palpo la pared en busca de la cuerda para bajar la persiana. Sin embargo, antes de que consiga encontrarla, el chico deja caer la nota y hace parpadear la luz circular de la linterna para captar mi atención. Y veo que aplasta otra nota sobre el cristal.

Y entonces sonríe.

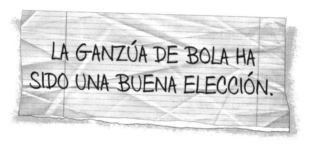

LA GANZÚA DE BOLA HA SIDO UNA BUENA ELECCIÓN.

Echo un vistazo a mis herramientas y a mi embrollo de candados; me da la impresión de que me han descubierto, pero en lugar de sentirme abochornado, me siento… aliviado. Busco un trozo de papel y un rotulador que había utilizado para marcar las cajas de la mudanza. Titubeo un segundo y después muevo mi linterna e ilumino el mensaje que he escrito.

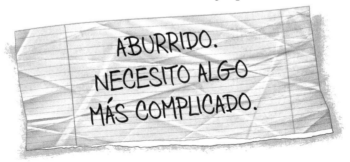

ABURRIDO.
NECESITO ALGO
MÁS COMPLICADO.

El chaval sonríe otra vez, agacha la cabeza y confirma todas mis sospechas: tiene el pelo blanco como la nieve. Y un instante después garabatea un mensaje nuevo en otro pedazo de papel.

PÁSATE POR CASA MAÑANA

Asiento con la cabeza. Desliza la cortina y me deja ahí tirado, con la linterna en una mano y el rotulador negro en la otra. Me quedo mirando la casa de enfrente; es claramente más grande que la nuestra, aunque no diría que es más bonita. Necesita una reforma, y urgente. La pintura del porche está desconchada, el acceso de asfalto hasta el garaje está agrietado y las tuberías están oxidadas. La observo con detenimiento y advierto una puertecita en un costado de la casa que debe de conducir a un sótano, aunque es imposible saber si realmente es una puerta, ya que está tapiada con un montón de tablones de madera y clavos. Intuyo que no puede abrirse. Y, por si todo eso fuese poco, hay varios candados metálicos colocados que sobresalen de las bisagras, entre los tablones, como si quisieran desafiar a cualquiera que pudiese pasar por ahí a tratar de entrar.

Sacudo la cabeza y vuelvo a la cama. Clavo la mirada en el techo. Las palabras de mi padre no dejan de rondarme por la cabeza.

«Raven Brooks será tu ciudad.»

Tal vez tenga razón. Intento ver las ventajas de mi nuevo hogar: el banco debajo del alféizar de la ventana y el muchacho que vive en la casa de enfrente y que sabe diferenciar entre una ganzúa de bola y una de medio diamante. La ciudad tiene un periódico local que todavía mantiene suscriptores, y una universidad que, por lo visto, necesita del asombroso cerebro de mamá.

Y justo cuando estoy a punto de sucumbir, cuando estoy a punto de dormirme, recuerdo por qué me había asomado a la ventana. El cansancio se apodera de mí, pero no logro deshacerme de ese alarido que, excepto yo, nadie ha parecido oír.

CAPÍTULO 3

El chico que vive al otro lado de la calle se llama Aaron Peterson y su casa parece ser un compendio de puertas. No es así, obviamente, pero lo parece. La primera vez que entro en esa casa, tengo que abrir tres puertas para encontrar el cuarto de baño. Me entra sed, voy a la cocina a por un vaso de agua y, cuando quiero volver a su habitación, me pierdo.

—No te preocupes. Es normal que te pierdas. A todo el mundo le pasa al principio —me dice cuando al fin logro encontrar el camino de vuelta. Después, se encoge de hombros y añade—. Es lo que tienen las casas viejas. Son extrañas.

Asiento, dándole la razón. Hemos vivido en muchísimas casas viejas. De hecho, la casa turquesa también es vieja. Pero nunca me había topado con una como esa, con varias escaleras que conducen a rellanos diminutos y con puertas que ni siquiera se abren.

Cuando tenía siete años vivimos unos meses en el norte de California. Por aquel entonces papá todavía era reportero de investigación. Mi madre, una fanática de las buenas historias de miedo, me llevó a la mansión Winchester para disfrutar de una visita guiada. Aquella casa había sido construida, de una forma casi obsesiva, por la esposa del famoso fabricante de rifles Winchester. Según contaba la leyenda, alguien le había dicho a la esposa del difunto que tanto ella como su familia estaban siendo perseguidas y acosadas por las miles de personas que habían perdido la vida por culpa de la empresa de armas de su marido. La viuda se encargó de contratar a varios obreros para que trabajaran día y noche en la construcción de una casa que, en realidad, era un laberinto. Creía que, de ese modo, los fantasmas jamás la encontrarían. El recuerdo más vívido que tengo de esa visita guiada es una puerta en concreto. Tras ella había una caída de tres pisos. Me imaginaba a mí mismo, con siete años y adormilado, vagando por esa casa en mitad de la noche, buscando un baño en el que hacer pis, girando el pomo equivocado, desplomándome y perdiendo la vida.

La mansión WINCHESTER

PUERTA CON LA
CAÍDA DE TRES PISOS

—No tenemos una puerta como esa —me dice Aaron cuando le describo mi recuerdo al día siguiente—. O eso creo.

Lo dice como si tal cosa, con una naturalidad brutal. Creo

que no se da cuenta de lo raro que puede parecer que viva en una casa y que no sepa adónde llevan todas y cada una de sus puertas. Al menos a mí me lo parece. Y es entonces cuando descubro que algunas zonas de la casa de Aaron están prohibidas.

—El sótano es un caos —dice, pero ya no habla con la naturalidad de antes. Ahora parece un poquito incómodo. Pienso en la puerta recubierta de tablones de madera que hay en un lado de la casa, la que pensé que conducía al sótano.

Por cierto, Aaron no tiene el pelo blanco. Era una ilusión óptica creada por la linterna. Al menos he podido resolver uno de los misterios de la noche en que le conocí. Es castaño claro, su único rasgo normal. Es bastante alto; de hecho, al principio pensé que era mayor que yo. Tiene mi edad, aunque actúa y se comporta como un hombre de cincuenta. Es como si los Jefes Supremos Alienígenas le hubieran absorbido su infancia y lo hubieran transformado en un adulto encerrado en un cuerpo de un chaval de doce años. No es que no bromee o no sonría. Es solo que tiene… objetivos, metas.

También se le da bien abrir candados y forzar cerraduras. A decir verdad, es mejor que yo. Es capaz de inmiscuirse en diminutos ojos de cerradura, y jamás le tiembla el pulso. Es preciso, minucioso, exacto. Pero esas no son las cualidades que lo hacen tan bueno en el arte de los candados, sino su paciencia. Es mucho más paciente que yo. Es capaz de sentarse y girar tan solo un milímetro, notar el movimiento y entonces guiar la herramienta hacia otro lado hasta que… ¡bum! La cerradura se desbloquea y la puerta se abre.

—Debería haber elegido la ganzúa de rastrillo —farfullo, enfadado y frustrado por no haber superado la prueba y no haber logrado abrir el armario del vestíbulo de la segunda planta.

—La próxima vez te pondré un desafío más sencillo —dice, y me da una palmadita en el hombro. Una palmadita quizá demasiado fuerte.

Y entonces le respondo con otra palmadita, también fuerte.

—Tío, no seas…

—¿Que no sea qué?

De repente, aparecen unos hombros fornidos y robustos y un jersey a rombos por la puerta. Juro por los Jefes Supremos Alienígenas que ni siquiera sabía que ahí había una puerta.

—Eh…

—Papá, este es Nicky. Vive al otro lado de la calle.

—Nicky, el muchacho que vive al otro lado de la calle —dice el señor Peterson, y se retuerce la punta de su bigote, como si fuese el villano de unos dibujos animados. Mirándolo bien, podría ser un villano perfecto: ojos saltones enmarcados por unas cejas peludas y espesas y unos antebrazos más grandes que mis piernas. Si no fuese por el inconfundible uniforme de padre que lleva —jersey azul violeta, pantalones marrones, calcetines altos—, ya habría salido pitando de allí.

No me hace ninguna pregunta. Se dedica a mirarme fijamente, como si estuviese esperando una respuesta.

—Eh… solo estábamos…

«Abriendo candados. Forzando cerraduras. En tu casa.»

«Peleándonos.»

«Insultándonos.»

El señor Peterson se inclina, apoya las manos sobre las rodillas y acerca su cara a la mía. Tan solo nos separan unos quince centímetros. Ese bigote propio de un disfraz de Carnaval casi me roza la mejilla. El aliento le huele a hierbabuena.

—En fin, Nicky que vive al otro lado de la calle —dice,

y aprieto fuerte los dientes para evitar que me castañeteen.

Se acerca un poco más y, por un momento, creo que voy a desmayarme ahí mismo.

—¿Qué te parecería… quedarte a cenar?

Hace una pausa y espera a que procese lo que no ha sido una amenaza. Estira el bigote y deja al descubierto una hielera de dientes blancos y brillantes. Echa la espalda hacia atrás, ladea la cabeza y suelta una carcajada que hace temblar el suelo y las paredes de toda la casa. Casi me meo encima.

No sé qué hacer, así que me echo a reír. Noto que Aaron me agarra de la manga de la camiseta y me arrastra por las escaleras mientras murmura algo como «No sé por qué te comportas de esa forma. Pareces un bicho raro» y me empuja hacia el pasillo. Respiro hondo y trato de tranquilizarme. Y, de pronto, me asalta una duda. ¿A quién se refería cuando ha dicho bicho raro? ¿A su padre o a mí?

Empiezo a andar hacia un pasillo distinto, pero reculo en cuanto me doy cuenta de que Aaron ha tomado otra dirección. Otra boca de otra madriguera de conejos por la que colarnos en esa casa tan confusa y liosa.

Cuando llegamos a la cocina, la hermana de Aaron, que solo tiene diez años, está a punto de partir una cebolla amarilla con lo que, a simple vista, parece un cuchillo de carnicero. La señora Peterson está fumándose un cigarrillo, de espaldas a la puerta. Aaron me ha contado que es maestra de primero de primaria en el colegio de Raven Brooks.

—Ostras, Mya. Dame eso, anda.

Aaron prácticamente se abalanza sobre la tabla de cortar para quitarle a Mya el cuchillo antes de que empiece a destrozar la cebolla, que en ese momento rueda sobre la madera.

—Mamá me ha pedido que corte cebolla —dice, un pelín a la defensiva, aunque parece aliviada.

—Ya sabes que lloro a la primera de cambio —replica la señora Peterson, y expulsa una nube de humo hacia la ventana de la cocina.

—Y yo tengo unos ojos fuertes como el acero. Podría ser mi superpoder —dice Mya, orgullosa y satisfecha, a pesar de haber sido apartada de sus quehaceres domésticos.

Aaron y Mya son polos opuestos. Mya es pelirroja, como su madre. Y, al igual que ella, es bajita y tiene las piernas un poco rechonchas, por lo que parece más pequeña de lo que es.

Aaron toma las riendas y corta la cebolla en rodajas muy finas. Luego deja el cuchillo y la tabla de cortar sobre la isla de la cocina. Mya está entretenida quitando la piel de la cebolla que se le ha quedado pegada al reloj.

—Gracias, cielo —dice la señora Peterson, que apaga el cigarrillo y le planta un beso a Aaron en la cabeza, y otro a mí. Me pongo como un tomate y me giro para disimular el bochorno. Por una extraña razón, Mya también se ha puesto roja. La señora Peterson deja que la llame Diana, pero se me hace tan raro que prefiero no llamarla de ningún modo, y punto. Me parece guapa, pero me recuerda demasiado a mi madre.

He intentado convencer a mi madre de que invite a los Peterson a cenar, pero mi madre es muy protocolaria con esa clase de cosas.

—Deberían invitarnos ellos primero —dice mamá, y zanja el tema.

—Esta noche hay hamburguesa para cenar —anuncia la señora Peterson—. Chicos, ¿esta noche tenéis pensado quedaros por aquí? ¿O tenéis otros planes, como robar un banco?

Me doy la vuelta y me quedo cara a la pared. Anoche soñé que conseguía abrir la cámara acorazada de un banco. La emoción fue tan intensa, tan excitante, que por la mañana, al despertarme, todavía me sentía nervioso, inquieto. Estoy bastante seguro de que eso no es usar mis poderes para hacer el bien.

—¿Quién va a robar un banco? —pregunta el señor Peterson. Una vez más, aparece de la nada, como si emergiese de una especie de sombra capaz de ocultar a un tipo grandullón ataviado con un jersey de rombos.

—Oh —exclama la señora Peterson, y echa un vistazo al cuenco de cristal en el que está preparando la carne picada—. No sabía que cenabas con nosotros, Nicky. Me temo que no habrá suficientes hamburguesas para todos. Aaron, tendrás que ir a la tienda a por más carne. Y tendrás que darte prisa

—La pirada de la señora Tillman dejó de vender carne hace meses, ¿recuerdas? —replica Aaron.

—Ah, tienes razón. Siempre me olvido —admite la señora Peterson.

Aaron se vuelve hacia mí con una sonrisa maliciosa.

—Aunque, pensándolo bien, podríamos prepararte una deliciosa hamburguesa de bulgur y tofu. Y, de postre, una barrita de muesli con chocolate en polvo.

—Te encantan esas barritas —murmura Mya, y tuerce los labios en una extraña sonrisa.

—Es verdad —confirma Aaron, y se inclina hacia mí—. Te provocan gases y luego te pasas horas tirándote pedos.

Mya se ríe entre dientes.

—Muchos pedos.

—¿Y bien? ¿Cuál es el veredicto? —pregunta la señora Peterson, redirigiendo la conversación hacia el tema original—. ¿Os quedáis a cenar sí o no?

—Cenaremos en casa de Nicky —responde Aaron y, cuando le miro, abre tanto los ojos que parece que vayan a salírsele de las órbitas.

—Sí, sí. En mi casa —añado, aunque se me ve a la legua que estoy mintiendo. Soy un mentiroso pésimo, igual que Aaron.

La señora Peterson nos examina desde el otro lado de la isla de la cocina. No parece muy convencida. Por suerte, Mya rompe ese silencio que apesta a desconfianza y engaño y cambia radicalmente de tema de conversación.

—Todo el mundo cree que Jesse James fue el mejor ladrón de bancos de la historia. Era un creído y un fanfarrón. Pero lo que nadie sabe es que no podría haber hecho nada de eso sin su hermano, Frank. La gente siempre se olvida de los hermanos.

—Estoy segura de que tú también podrías robar un banco e irte de rositas. Eres igual de buena que tu hermano, ratoncito —dice la señora Peterson mientras coloca las hamburguesas en línea recta sobre la tabla de cortar. Coge el mazo para ablandar la carne, lo sostiene sobre su cabeza unos instantes y después golpea la carne con una fuerza casi sobrehumana. Aporrea todas las hamburguesas con demasiado entusiasmo, lo cual me inquieta y me perturba.

Mya pone los ojos en blanco, pero estoy convencido de que le gusta que su madre la llame «ratoncito». A mí no me importa que papá siga llamándome Narf. Mis padres juran y perjuran que así era como solía pronunciar mi nombre antes de poder decir «Nick», lo cual es bastante extraño porque ni siquiera suena igual, pero da lo mismo. El caso es que soy Narf y, a juzgar por los apodos que he oído por ahí, podría ser mucho peor, así que no pienso quejarme.

—Y además tu hermano nunca se pondría una medalla que te hubieras ganado por méritos propios —añade la señora Peterson, y después le guiña el ojo a Aaron.

Apalea una vez más las hamburguesas con ese martillo y doy un respingo.

—Recordad que la familia te hace más fuerte —dice la señora Peterson—. ¿No es cierto, cariño?

La señora Peterson se vuelve hacia su marido, pero no le mira a los ojos. El señor Peterson se queda inmóvil unos momentos, observando a su familia desde el otro lado de la isla de la cocina, y después se dirige hacia el fregadero para lavarse las manos.

—Depende. A veces sí, y a veces no —murmura. Está de espaldas a nosotros y, por cómo lo ha dicho, me da la sensación de que quiere zanjar el tema.

Pero o bien la señora Peterson no se ha dado cuenta, o simplemente le importa un pimiento.

—Oh, no seas cascarrabias. Sé que no hablas en serio.

La señora Peterson me dedica una sonrisa y pone los ojos en blanco. Me habría convencido, pero le tiemblan tanto las manos que tiene que soltar el ablandador de carne.

Su marido sigue encorvado frente al fregadero. Se está

frotando las uñas con una meticulosidad pasmosa. Miro por el rabillo del ojo a Aaron. También tiene la mirada clavada en su padre. Mya se ha deslizado al otro lado de la isla y está jugando con los lazos de uno de los cojines de los taburetes. Ese silencio es casi insostenible y espero que, en cualquier momento, el señor Peterson se dé media vuelta y escupa una carcajada para relajar el ambiente. Pero no ocurre nada de eso.

La señora Peterson murmura una bromita para quitarle hierro al asunto.

—En fin, bienvenido a la familia, cielo. Somos Peterson hasta la médula. Pero tranquilo, no somos monstruos, somos de carne y hueso.

Y, esta vez, el señor Peterson sí se gira. Y lo hace tan rápido que el trapo con el que estaba secándose las manos produce un sonido que me recuerda a un látigo.

—¿Sabes lo que es muy curioso sobre los huesos, Diane? —pregunta con una sonrisa que nada tiene que ver con la que dibujó en el vestíbulo de la planta de arriba. Sonríe de oreja a oreja, mostrando las dos hileras de dientes y, cuando habla, ni siquiera separa la mandíbula.

Mya se acerca un poquito a Aaron. Y yo también, o eso creo.

—Que ninguno es imprescindible.

Mya busca la mano de Aaron, y él la estrecha, como si quisiera tranquilizarla, consolarla.

—Es verdad —prosigue el señor Peterson, aunque nadie ha contestado—. Es increíble todo sin lo que puede sobrevivir el cuerpo humano. Puedes arrancarle un hueso y ni lo nota.

La señora Peterson está dando forma a las hamburguesas; no ha dejado de manosearlas desde que su marido ha empezado a hablar; creo que ya ni siquiera piensa en las hamburguesas.

Cierra los ojos y me entran ganas de cerrarlos a mí también, pero me asusta hacerlo.

—Tan solo hay un hueso sin el que no se puede vivir... ¡el hueso de la risa!

El señor Peterson sale corriendo hacia Mya, la agarra por la cintura y la lanza hacia el techo. Por un segundo me invade el pánico; temo que vaya a hacerle daño. Pero casi de inmediato Mya se echa a reír. Las risitas comedidas se transforman en carcajadas frenéticas y es entonces cuando me doy cuenta de que no está haciéndole daño, tan solo cosquillas.

—¿Dónde está ese hueso? ¿Dónde está el hueso de la risa? —pregunta con tono jugetón.

Respiro, aliviado porque creo haber malinterpretado toda la escena. Pero entonces miro a Aaron y a la señora Peterson y veo que están compartiendo una mirada que no logro comprender. Es solemne y muy, muy seria, todo lo contrario al juego del señor Peterson y Mya, que, en ese momento, están dando vueltas en la cocina como si fuesen dos peonzas.

—Vámonos —murmura Aaron, y obedezco sin rechistar.

Una vez fuera de casa, ninguno de los dos abre la boca. De hecho, no decimos ni una sola palabra hasta habernos alejado al menos tres manzanas de nuestra calle. Estamos a medio camino de las vías del tren, al otro lado del bosque que rodea Raven Brooks. Ha dejado de llover, pero el suelo todavía está mojado y embarrado.

—¿Dónde vamos? —le pregunto a Aaron cuando creo que ya es seguro, que ya ha pasado el peligro y que ya podemos charlar de nuestras cosas.

—Ahora lo verás —dice, sin siquiera mirarme—. Hay algo que quiero enseñarte.

CAPÍTULO 4

La fábrica debería estar vallada. Quizá lo estuvo en algún momento, pero ahora ya no. No tiene ninguna medida de seguridad. Y, aunque estoy seguro de que por alguna ordenanza municipal no deberíamos poder entrar, lo cierto es que lo hacemos, y por la puerta principal.

—Me encantaban las Manzanas Doradas —dice Aaron con mirada risueña, casi melancólica.

No digo nada, esperando una explicación, pero lo único que recibo es una mirada de asombro.

—¿Nunca has probado las Manzanas Doradas?

—Necesito que dejes de decir «Manzanas Doradas» —digo—. Me parece estar oyendo a mi abuela. Suena a algo que me obligaría a comer.

Y entonces le señalo con un dedo muy, muy estirado, y pruebo de poner voz de abuelita

—Tienes que comerte un par de Manzanas Doradas, jovencito. Así crecerás fuerte y sano.

—Uf, pero estas manzanas no te habrían hecho crecer fuere y sano. Eran una golosina deliciosa —dice Aaron—. No sé qué les metían, pero recuerdo que, cada vez que comía una, no pegaba ojo en varias noches seguidas.

—Supongo que eso explica por qué las dejaron de fabricar —digo, pero Aaron no responde, tan solo aparta la mirada.

La vieja fábrica de Manzanas Doradas no es para tanto, o eso parece. A ver, es una fábrica abandonada en mitad del bosque que nadie, salvo nosotros, conoce, lo cual es una pasada. Pero aparte de la cinta transportadora, que sigue funcionando, y del ambiente espeluznante que se respira en cualquier lugar dejado de la mano de Dios, no entiendo por qué Aaron estaba tan entusiasmado por mostrarme la fábrica. A primera vista, parece estar vacía, y estoy muerto de hambre. Además, en cuanto mis padres se enteraran de que había hecho un amigo, se pondrían manos a la obra y prepararían un banquete digno de una boda para cenar. Seguro que papá atacaría la caja de rosquillas de Susy Q.

Tal vez Aaron solo quería escaparse de su casa; debo reconocer que a mí me habría pasado. Me moría de ganas por escapar de su casa y de su padre, dicho sea de paso.

—Vamos —dice Aaron, y señala una rampa que lleva hasta una puerta trasera con un letrero apagado donde se lee «Salida».

Pero no es una salida. Esa puerta conduce a un pasillo con un montón de puertas a ambos lados. Todas esas puertas tienen, al menos, dos cerraduras. Y están selladas. Es el sueño de cualquier aficionado a abrir cerraduras.

—Uau —exclamo, y Aaron asiente con la cabeza.

—Cada puerta lleva a otra —dice—. Y todas están cerradas.

Contemplo el pasillo como si acabara de descubrir un alijo secreto de Manzanas Doradas.

—Solo he conseguido abrir la mitad. Todos los pestillos y candados son de distinta marca. Ven, te enseñaré mi habitación preferida.

Avanzamos hasta la mitad del pasillo y saca un puñado de herramientas del bolsillo. Al igual que a mí, le gusta llevar encima su estuche de herramientas. Ya no me acuerdo de la última vez que salí de casa con los bolsillos vacíos.

Con la suavidad y minuciosidad que le caracterizan, abre el primer candado sin problema. Es una cerradura de palanca muy sencilla. Pan comido, vamos. Detrás de la puerta hay una oficina que huele a moho. Los muebles siguen ahí, como si esperaran que, algún día, alguien volviera a ocuparlos. No tiene ventana y el interruptor de la luz no funciona.

—No funciona ningún interruptor —aclara Aaron—. Creo que la cinta transportadora utiliza la electricidad de un viejo generador, o algo así.

Aaron soluciona el problema de la luz en un periquete. Palpa la última estantería de un armario altísimo y saca una linterna vieja que pesa como un muerto.

—Encontré este tesoro el primer día que vine aquí —dice, y se ilumina la cara desde la barbilla, como si fuese a explicarme una historia de miedo. Arquea las cejas y añade—: Sígueme.

Oigo un murmullo en las paredes e imagino una colonia de ratas correteando por las tuberías. No es descabellado, ya que estamos en una antigua fábrica de golosinas. Solo pido y rezo a los Alienígenas que los roedores se queden donde están, es decir, entre las paredes y los conductos de ventilación.

—¿Qué pasa? —se burla Aaron—. ¿Te asustan las ratas?

—Lo que me asusta es la rabia, no las ratas —replico.

—Sujeta esto, anda —dice Aaron, y me da la linterna. Después saca una ganzúa de gancho, se agacha y apoya el oído sobre la puerta.

Y en ese preciso instante es cuando realmente veo cómo trabaja Aaron; es como si estuviera escuchando el latido de la puerta. Ni siquiera me molesto en preguntarle por qué cierra las puertas después de haber logrado abrirlas. Porque así, cada vez que las abre es como si fuese la primera vez, y esa sensación es única e inolvidable.

Con un movimiento rápido de muñeca, la barra de metal tintinea y la puerta se abre emitiendo un gruñido agudo.

El interior de esa sala es un tesoro escondido, una mina de maquinaria rota e inservible.

—Tenía el presentimiento de que querrías verlo —dice.

Debo admitir que ha dado en el clavo. Me he quedado mudo.

Hay unos dibujos animados que, cuando era pequeño, me encantaba ver (está bien, está bien, quizá aún los siga viendo). El protagonista es un pato disparatadamente rico; de hecho, tiene tantísimo dinero que guarda todo el oro y joyas y monedas y billetes apilados en una cámara acorazada del tamaño de un salón y se zambulle y nada por su fortuna como si fuese agua. Pues bien, eso es lo que me apetece hacer cuando Aaron me muestra esa habitación.

Estoy convencido de que la oficina secreta que se esconde tras la oficina normal era un trastero, una especie de cementerio de elefantes donde almacenaban todos los aparatos electrónicos que quedaban anticuados y desfasados, y que eran sustituidos por un hardware moderno de última generación. Tal vez el informático de la empresa creyó que, algún día, podría sacar una buena tajada al vender esa colección de antiguallas tecnológicas, como monitores o teclados o cámaras de seguridad. Pero la fábrica echó el cierre y todas esas máquinas inservibles quedaron olvidadas tras una puerta cerrada, escoltadas por una silla vacía y otra puerta cerrada.

—Tío, di algo. Necesito saber que no te ha dado un infarto o algo así.

—Huele a caca de rata —murmuro; es la única forma que se me ocurre de decirle que es la primera vez que alguien me confía un tesoro de esa magnitud.

—Lo sé. Tendrás que limpiarte bien las suelas de las zapatillas antes de entrar en casa —responde él. Creo que ha entendido que un simple «gracias» sería un poco bochornoso.

Cojo todo lo que puedo: el motor de una vieja aspiradora, el ventilador de una CPU, un teclado y unos cinco alargadores.

—La próxima vez traeré una bolsa —le digo a Aaron, pero ya ha salido y está esperándome.

Cierra el candado para evitar que alguien pueda colarse en nuestro escondite secreto y saquearlo. Salimos de la fábrica escopeteados y enseguida llegamos al camino que atraviesa el bosque y nos alejamos de las vías del tren. De repente, él se detiene en mitad del camino. Me vuelvo para ver qué ha captado su atención.

Ahí, justo encima de las copas de los árboles, se balancea

un asiento rojo y dorado que cuelga de un gigantesco arco metálico. Parece que la brisa lo esté meciendo.

—¿Es una noria? —pregunto, y me abro camino entre la maleza para poder verlo más de cerca.

Esperaba toparme con un claro en el bosque lleno de atracciones de feria pintadas de colores vivos y llamativos y puestecillos de venta, como una de las millones de ferias del condado que ocupaban las avenidas principales o los aparcamientos públicos durante los meses de verano. Pero en lugar de eso me encuentro con un pueblo fantasma.

Las cabinas de la noria están paralizadas; solo se mueven cuando sopla esa brisa cálida y agradable. La noria está pintarrajeada con grafitis y es imposible adivinar de qué color solía ser. Y no son la clase de grafitis que diseñan los artistas callejeros que se saltan la ley para plasma su arte, no. Son la clase de grafitis que se pintan para borrar lo que sea que haya debajo. Advierto la entrada a una casa de la risa que más bien parece una casa embrujada. Imita una cabeza, con su cráneo en forma de manzana y la boca totalmente abierta, casi desencajada. También me fijo en un puesto de comida chamuscado y sin techo y en un escenario, o los escombros de un escenario, rodeado por una grada de cemento. Y no puedo evitar echar un vistazo al carrusel de animales salvajes que se han quedado congelados en el tiempo, en mitad de un galope, o de una carrera.

Sobre el bosque asoma la curva de una montaña rusa, con un único vagón colgando de la cúspide.

Solía haber más vagones, muchos más. O eso es lo que leo en un panfleto carbonizado que contiene una lista de todas las ferias del estado. Fuese lo que fuese ese lugar, está muerto y enterrado.

Justo detrás del puestecillo de comida, en letras blancas

sobre un cartel rojo descolorido, se lee «PARQUE DE ATRACCIONES MANZANA DORADA».

—¿También construyeron un parque de atracciones? —pregunto. No puedo creer que Aaron no me haya mostrado esa joya con el mismo entusiasmo e ilusión que la fábrica. Es evidente que no hay cerrojos ni máquinas viejas, pero estoy seguro de que hay un montón de cachivaches de la noria y de la montaña rusa que podemos aprovechar. Los vagones y las cabinas tienen que estar en alguna parte, supongo.

—Me apostaría el pellejo a que podemos conseguir que el carrusel vuelva a funcionar —digo, y dejo todos los tesoros que he robado de la fábrica junto a un árbol. Después, me pongo a dar vueltas como un loco por el parque.

Salgo de entre unos arbustos y le encuentro con la mirada clavada en el suelo y de brazos cruzados. Está actuando como si estuviese enfadado conmigo.

—¿Qué pasa?

—Nada, es solo que no me gusta este sitio —responde, de forma evasiva.

—¿Me tomas el pelo? ¿Qué es lo que no te gusta? En serio, ¿por qué este parque está tan escondido?

—No está escondido —contesta Aaron con un tonito que apesta a desprecio. No entiendo por qué de repente está tan molesto conmigo.

—Vaaaaaaale —digo. No hace falta ser una lumbrera para darse cuenta de que he estado a punto de pisar una mina terrestre enterrada bajo toda esa ceniza.

Ceniza. Tal vez hubo un incendio.

—¿Aquí... aquí ocurrió algo? —pregunto, y él levanta la vista. Tiene los ojos entrecerrados y el ceño fruncido, como si

Parque de atrac

Carrusel Miel
Crujiente

Huerto
malvado

Atracción de hen

Ma

Recolector
de
manzanas

Platillos de manzana

E n

Manzana Dorada

Montaña rusa
Corazón podrido

Túnel
del
gusano
viscoso

Show
infantil
Pink
Lady

Dorada

Cascadas
de sidra

a d a

estuviera a punto de lanzarme un láser mortal. Sí, sigue cabreado y por un momento creo que se va a abalanzar sobre mí y me va a dar un par de puñetazos, aunque todavía no sé por qué.

Y, de repente, respira hondo y relaja un poco los hombros.

—No debería haber venido por este camino. Había olvidado que el parque estaba aquí.

Pero dudo que sea cierto. Algo me dice que Aaron quería que lo viera.

—Pero ¿se quemó o algo? —insisto.

Él me mira fijamente.

—Nunca olvidaré el día en que la casa de los vecinos se quemó —digo, y me pongo a dar vueltas por el claro—. Fue un calefactor, o algo así. Todo el mundo salió ileso, pero la casa quedó chamuscada, igual que este... lugar... que parece que...

Espero a que Aaron diga algo y ponga punto y final a ese balbuceo, pero él sigue mirándome sin musitar palabra. Ese inesperado silencio sepulcral nada tiene que ver con el parloteo constante que hemos tenido en la fábrica instantes antes. Y justo cuando creo que nos vamos a ahogar en esa quietud incómoda, Aaron sacude la cabeza.

—Larguémonos de aquí —dice, y, aunque en cierto modo me siento aliviado, sé que le he decepcionado.

Durante el resto del camino a casa, Aaron no vuelve a abrir la boca, tan solo escupe un «Nos vemos» antes de subir las escaleras del porche, que está a oscuras, y desaparecer en su casa.

Rememoro todo lo ocurrido mentalmente; esa casa tan extraña, repleta de pasillos, esquinas y puertas. El sentido del humor tan... particular del señor Peterson. La fábrica. El parque de atracciones. Intento averiguar en qué momento las cosas se han torcido. Aaron estaba un pelín raro cuando salimos de su casa pero esa inquietud pareció desaparecer por completo en cuanto me mostró la fábrica. Pero luego, en cuanto pusimos un pie en ese parque de atracciones carbonizado, su semblante volvió a cambiar. El chico que había compartido conmigo su tesoro secreto de electrónica abandonada se esfumó y, en su lugar, apareció un crío enfurruñado y asustado que parecía querer decirme algo, pero que se negaba a abrir el pico.

—¿Qué intentabas decirme, marciano? —pregunto en voz alta, mirando el porche de Aaron, porque sé lo que es querer que alguien adivine lo que estás sintiendo sin tener que gritarlo a los cuatro vientos. Aunque, para qué engañarnos, lo más fácil es decirlo y punto.

Dejo mi botín electrónico junto a la puerta y decido dejarlo ahí hasta mañana por la mañana. Quizá entonces ya se me haya ocurrido una explicación creíble de dónde lo he sacado. Pero en cuanto empujo la puerta principal, mamá y papá ya están ahí para someterme a un tercer grado.

—¿Te lo has pasado bien?

—¿Qué tal es tu amigo?

—¿Ya has cenado?

—Sí… es majo. Es de mi edad —digo, y luego me encojo de hombros—. No tengo hambre.

Mamá apoya la palma de la mano en mi frente.

—¿Habrás pillado algún virus?

—Es solo que no me apetece comer nada, ¿vale?

Mamá y papá intercambian una mirada cómplice.

—Es clavadito a nuestro hijo —empieza papá—, pero…

Se inclina, me alza la barbilla para examinarme la cara y me pellizca las mejillas.

—No lo sé, Lu. Quizá nos lo han cambiado.

41

—Ja, ja, ja, qué gracioso —digo, y le aparto el brazo de un manotazo.

—A ver, tienes dos opciones —resuelve mamá—. Puedes quedarte aquí y cenar como un niño normal de doce años, o puedes acompañar a tu madre aburrida a hacer un recado aburrido.

No me había dado cuenta de que lleva el chubasquero y las botas de agua puestos.

—Necesito un libro de mi despacho —dice.

Un libro. De su despacho de la universidad.

—Tu despacho está cerca de la biblioteca del campus, ¿verdad?

Mamá ladea la cabeza, extrañada.

—Solo de la biblioteca de ciencias.

—Pero ¿tiene periódicos? ¿O una especie de hemeroteca?

Me da la sensación de que quiere hacerme otra pregunta, pero enseguida pierde el interés.

—Seguramente sí —dice, y coge las llaves del coche.

* * *

Las suelas de nuestros zapatos gruñen y gimen al pisar el linóleo naranja y blanco del edificio de ciencias naturales, situado en la parte este del campus.

La universidad es bastante antigua, y algunos de los edificios son muy bonitos, con fachadas de ladrillo rojo y madera oscura y columnas por todas partes. La zona este, sin embargo, se construyó sobre los años sesenta, o eso creo, y a juzgar por su aspecto no se ha vuelto a tocar desde entonces. La universidad se entusiasmó muchísimo cuando se enteró de que mamá había aceptado el trabajo en la facultad. Es química, pero no cualquier química. Ha escrito un par de artículos sobre un experimento que llevó a cabo y logró que los publicaran varias revistas de cerebritos, de esas revistas pretenciosas, rozando lo esnob. Y, gracias a eso, ahora la gente sabe que Luanne Roth es superlista. Tener en plantilla alguna que otra mente brillante y famosa significa más matrículas, lo que, a su vez, significa que tal vez la universidad pueda tener fondos para comprar material y restaurar los cuartos de baño. O eso es lo que asegura papá.

—¿Dónde está la biblioteca? —le pregunto a mamá.

—En la planta de abajo, a mano izquierda. Pero Narf, solo voy a tardar un min…

—¡Nos vemos ahí abajo! —exclamo, y salgo pitando, dejándola así con la palabra en la boca. Bajo las escaleras a toda prisa y me adentro en ese pasillo oscuro antes de que mamá pueda prohibírmelo.

La biblioteca de ciencias es diminuta; es más pequeña que cualquier biblioteca de una escuela pública, así que no tardo casi nada en encontrar la sección de revistas y publicaciones. Sobre la mayoría de mesas se alzan montañas y montañas de revistas científicas, con las cubiertas desgastadas y varias páginas con la esquina doblada. Sin embargo, eso no es lo que he venido a buscar.

Examino la estantería que contiene las publicaciones científicas y, por fin, en la esquina inferior derecha, advierto una pila de periódicos viejos. Enseguida reconozco la cabecera de uno de ellos, ya que es el periódico donde trabaja papá: *The Raven Brooks Banner*.

Me siento en el suelo y coloco el montón de periódicos sobre mi regazo. Echo un fugaz vistazo a los titulares en busca de cualquier artículo que contenga las palabras «manzana» y «dorada». Y cuando llevo más de la mitad revisados, oigo unos pasos que retumban en el vestíbulo, que está justo encima de la biblioteca. Enseguida reconozco los andares apresurados de mamá. Da igual si tiene prisa o no, siempre camina rápido.

—Vamos —murmuro, y hojeo la pila de periódicos aún más rápido, pero no logro encontrar nada sobre el tema. Me salto varios diarios y revistas y voy directo a los últimos, los que están debajo del todo, pero, con las prisas, la montaña de papeles se desmorona y acaba desparramada por el suelo.

—Narf, ¿qué está pasando ahí abajo? No la estarás armando, ¿verdad?

Escucho con atención los pasos de mi madre, que ha empezado a bajar la escalera. No me va a quedar más remedio que admitir la derrota, así que, un poco frustrado, empiezo a recoger todos los periódicos. Y, de repente, me fijo en un titular que tiene las palabras en negrita.

Cojo el periódico y echó una ojeada rápida; mamá está a punto de llegar al pie de la escalera, así que cometo un pecado mortal.

LA TRAGEDIA MANZANA DORADA
UN AÑO DESPUÉS

—Alienígenas, perdonadme.

Arranco la hoja y la guardo en el bolsillo un segundo antes de que mamá asome su cabecita por la puerta.

—¿Qué estás haciendo? ¿Construyendo un nido? —pregunta mamá mientras se masajea la nuca.

—¡No he arrancado ninguna página, te lo prometo!

Soy, sin lugar a dudas, el peor criminal del mundo mundial.

Y mamá también lo sabe. Sacude la cabeza y después se acerca para ayudarme a ordenar ese caos que he creado para dejar la biblioteca tal y como la encontramos, o casi.

Una vez en casa, espero a que mis padres se vayan a dormir y empiecen a roncar como lirones para sacar la página de periódico que he robado de la biblioteca.

Tal día como hoy, hace justo un año, la vida de la familia Yi cambió para siempre, y la ciudad de Raven Brooks perdió un pedacito de su corazón. Lo que debería haber sido un día de diversión familiar en el recién estrenado Parque de atracciones Manzana Dorada se convirtió en una tragedia inolvidable. Un fallo mecánico en la montaña rusa, que habían bautizado como «Corazón podrido», provocó la muerte de Lucy Yi, una niña de tan solo siete años.

El retrato de una cría sonriente me observa desde la página. Su mirada brilla con luz propia bajo ese flequillo negro. Leo el pie de foto, aunque me temo lo peor:

Lucy Yi era alumna de primero de la escuela de primaria de Raven Brooks.

«Era una alumna de primero —pienso para mis adentros—. Era, porque está muerta.» ¿Eso es lo que Aaron pretendía que adivinara? ¿Cómo iba a imaginarme que algo tan terrible había ocurrido justo ahí, en el mismo parque temático en el que estábamos?

Sigo leyendo.

«Nos ha pillado a todos por sorpresa y estamos conmocionados. A ver, se supone que un parque de atracciones es un lugar divertido, donde nada malo puede ocurrir —dice Trina Bell, una antigua trabajadora de la línea de montaje de Manzana Dorada, la fábrica que construyó el parque y que está a apenas dos kilómetros de distancia.»

«Le diré una cosa: ningún hijo mío va a volver a poner un pie en uno de esos artilugios. Jamás. Uno ya nunca sabe lo que es seguro —sentencia Bill Markson mientras barre la acera, frente a la tienda de animales de la ciudad—. ¿Sabe lo que opino? Creo que se precipitaron en abrir el parque y no tomaron las medidas de seguridad necesarias.»

Sin embargo, no toda la ciudad de Raven Brooks culpa a la empresa Manzana Dorada o a la empresa responsable de la construcción del parque.

Gladys Ewing trata de aferrarse a los momentos bonitos y a los recuerdos felices vividos allí, y de olvidar la catástrofe que provocó la caída meteórica del negocio, y de su popularidad.

«Nunca olvidaré el día de la inauguración del parque. Me monté con mi hijo pequeño en la noria. Nunca le había visto tan contento, tan sonriente. La gente debería estar avergonzada por haber quemado ese lugar.»

Leo el comentario de Gladis Ewing tres veces más para asegurarme de que lo he leído bien.

—¿Lo quemaron? —susurro.

Durante aquella semana, dominada por el sufrimiento de una familia y las posibles y dramáticas consecuencias que habría tenido una tragedia de tal magnitud, un grupo de padres y vecinos furiosos se habían reunido a las puertas del parque temático para llorar la muerte de la pequeña y mostrar su respeto y condolencias a la familia. Pero lo que en un principio iba a ser una vigilia a la luz de las velas se convirtió en un motín desenfrenado; varios ciudadanos disgustados y molestos decidieron mostrar su rabia e ira por lo sucedido. Para entonces, toda la ciudad culpaba a la empresa Manzana Dorada y al parque de atracciones del fallecimiento de Lucy Yi, y…

Giro la página, pero lo único que veo son noticias sobre el zoológico del pueblo de al lado y sobre una venta de gallinas ecológicas en la tienda de productos ecológicos (cuando todavía vendían carne, supongo). Vuelvo al artículo y me doy cuenta de que la historia continúa en la página B3.

Dejo caer la hoja de periódico arrugada y manoseada al suelo y me tumbo en la cama, boca arriba. Observo el techo. Así que eso era lo que Aaron no sabía cómo explicarme. La verdad es que no me extraña. ¿Cómo sacas un tema tan delicado y escabroso cuando estás manteniendo una conversación relajada e informal?

La historia de ese lugar es horrible, desde luego, pero no es lo que me está carcomiendo por dentro. Lo que me tiene tan abstraído y preocupado es por qué Aaron me llevó hasta allí. Es más que evidente que su intención era que supiera lo que había ocurrido en ese lugar.

Pero ¿por qué?

Me quedo dormido pensando en Aaron, y en su familia.

Una vorágine de imágenes me ronda por la cabeza, y no puedo frenarla. Las manos temblorosas de la señora Peterson mientras fumaba como un carretero, junto a la ventana. La mirada que había intercambiado con Aaron cuando su marido estaba comentando el hecho de arrancar huesos. Que Mya se quedara blanca como la pared justo antes de que su padre la alzara en volandas y empezara a hacerle cosquillas.

Esa noche sueño con esqueletos minúsculos y frágiles, todos agazapados entre las cenizas y atados a una noria ennegrecida y chamuscada que, poco a poco, las malas hierbas van estrangulando.

CAPÍTULO 5

R aven Brooks es una ciudad bastante peculiar, por no decir extraña. Los indicios que me llevan a tal suposición son inequívocos. Entre la granja de llamas y el supermercado ecológico, que nada tiene de supermercado, por no mencionar la tragedia que sucedió en el corazón del bosque, la conclusión es clara: es un pueblo de majaretas y pirados.

—Es ecléctico —dice papá cuando pasamos junto a una mujer que está «paseando» a su perro en un portabebés.

—¡No hay un solo centro comercial en varios kilómetros a la redonda! —protesto.

—En la plaza principal hay al menos cinco tiendas que venden ropa.

—Sí, pero la ropa debe ser de algodón orgánico o de lino, o de algo por el estilo.

En el escaparate de la frutería ecológica hay varios sombreros de paja y sandalias de cáñamo, que parecen picar como un demonio.

—No te adelantes. Hasta que no lo veas con tus ojos, no sabrás cómo es —dice papá, pero no parece convencido.

ECO-HILO
¡TAN NATURAL QUE
PUEDES COMÉRTELO!

—Voy a parecer Indiana Jones el primer día de colegio. ¿Y si me ato una cuerda alrededor de la cintura a modo de cinturón? Mamá ya ha aportado su granito de arena cambiando los flanes de chocolate por muesli casero. No pienso llevar eso como postre, papá. Hablo en serio. No voy a comérmelo.

—¡Hala, hala! —exclama papá, medio en broma, medio dolido. Gira hacia el aparcamiento de la plaza principal y, antes de que pueda huir del coche, se vuelve hacia mí—. ¿A qué viene todo esto, Narf?

Me planteo abrir la puerta superrápido y salir escopeteado, pero papá bloquea el sistema de seguridad y echa por tierra todos mis planes.

—A ver, aún no he conocido a nadie —empiezo—. ¿Y si…?

Y esa siempre es la parte más difícil: encontrar un modo de decirle a mi padre que, aunque entiendo por qué tenemos que empezar una nueva vida en una nueva casa y que tiene un trabajo muy difícil de mantener y que no es culpa suya que sea periodista, cada vez que nos mudamos me resulta más difícil pasar desapercibido, o hacerme invisible.

—¿Recuerdas cuando nos mudamos a Redding? —le pregunto a papá. Él asiente y me escucha con atención.

—¿Y recuerdas que el primer día de clase llevaba una camiseta que ponía «Estás *ready* para Redding»?

—¿En letras brillantes? —dice papá, con una sonrisa. Le encantan las camisetas con juegos de palabras.

Cuando llegué al colegio, un crío me preguntó si me compraba la ropa en las tiendas del aeropuerto. Nunca se lo expliqué a mis padres.

—A ver, no pasa nada —es lo que le digo—. Pero se acabaron las camisetas con juegos de palabras y dobles sentidos.

Papá ladea la cabeza, pero hago el ademán de bajar del coche para que no pueda prolongar la conversación ni un minuto más.

La plaza es, simple y llanamente, eso, una plaza. En el centro se alza una gigantesca fuente de bronce: tres descomunales manzanas que parecen estar bailando y meneando unos brazos larguiruchos; se supone que están jugando, pero la expresión de sus rostros no parece de alegría y felicidad, sino más bien de crueldad y perversión. Es una imagen desconcertante, perturbadora, me atrevería a decir, pero nadie parece darse cuenta, salvo yo. Hay varios niños que lanzan monedas de céntimo al agua y corretean alrededor de la escultura.

El perímetro de la plaza está cercado por tiendas cuyos escaparates dan a la fuente. También hay restaurantes para todos los gustos, refinados y elegantes para los sibaritas y normales y corrientes para la gente de a pie. Las tiendas están dispuestas según lo que venden, y la clientela a la que se dirigen: tiendas para bebés, para niños y adolescentes, para adultos, y por último, esa clase de tiendas de chorradas y cachivaches que, según mi madre, solo sirven para acumular polvo en las estanterías

—¡Oooh, pero si hay una Wellington Hammel! —exclama papá. Los ojos le hacen chiribitas y pega la nariz en el cristal de un escaparate para poder ver mejor los escritorios de diseño y sillones de masaje y, sin pensárselo dos veces, entra en la tienda, que está abarrotada de otros padres de la ciudad.

Veinte minutos después, está casi, casi convencido de que necesita una figurita de espuma para reducir el estrés. La figurita en cuestión se llama «El gnomo». Y, de repente, aparece un tipo que no conozco de nada y se ponen a hablar.

—¿En serio que te hemos estresado tanto que ya necesitas «El gnomo»? —pregunta.

Papá se vuelve y se echa a reír mientras le da unas palmaditas en la espalda.

—Aunque lo hubierais hecho, no te voy a engañar, no me pagáis lo suficiente como para que pueda comprarme algo aquí. ¡Esta tienda es prohibitiva!

Y ahora los dos se ríen a carcajadas. Me fijo en el chaval que acompaña al tipo que, por lo visto, está al día del dinero que mi padre no está ganando en el *Raven Brooks Banner*. Se siente igual de incómodo que yo. Y entonces se acuerdan de que sus hijos también están ahí, en la misma tienda.

—¡Anda! Este debe de ser Enzo —dice mi padre, y le ofrece la mano al chico, que la estrecha con educación.

—Encantado —murmura el chico. Después papá me da un pequeño empujón y me presenta.

—Este es Nicky.

—¡Papá! —protesto, abochornado.

—Lo siento, Nick. Este es Nick. Narf, te presento a Miguel Espósito, mi compañero de habitación en la universidad. Ya os he hablado de él. De hecho, fue él quien me informó del puesto de trabajo que había quedado vacante en el periódico.

—Tuvimos mucha suerte de que tu padre estuviera disponible —dice Miguel. Sí, es un buen tipo, porque ha preferido no hurgar en la herida y no hacer ninguna referencia al hecho de que mi padre estaba en paro.

—Oye, Narf, creo que Enzo y tú tenéis la misma edad. ¿Octavo curso, verdad? —le pregunta a Enzo, que asiente.

—Tal vez vayáis juntos a algunas clases —dice el señor Espósito. Enzo y yo nos miramos y nos encogemos de hombros. Los padres siempre dicen ese tipo de cosas y luego miran a sus hijos como si ellos tuvieran las respuestas.

—Si te gusta «El gnomo», no puedes perderte «El gremlin» —le dice el señor Espósito a papá—. Vale el doble, pero ¡también es un bolígrafo!

Están locos de contento y emocionados. Empiezan a revolotear por la tienda como críos y a jugar con las últimas novedades para vejestorios, dejándonos a Enzo y a mí ahí tirados.

—No lo pillo —dice Enzo—. Es la misma basura que venden en los aviones, pero mi padre está convencido de que esos productos son una pérdida de dinero y estos una ganga.

Chasqueo la lengua, como si me hubiera montado en un avión alguna vez. Siempre que viajamos, lo hacemos en coche, aunque el trayecto suponga varios días conduciendo por carreteras nacionales. Además mis padres son bastante exigentes, por no decir tiquismiquis, y nunca han encontrado un motel que pueda describirse como «acogedor». Sí, les encanta viajar en coche, qué le vamos a hacer.

—Se suponía que íbamos a comprar algo de ropa para mí —digo, y en ese instante me doy cuenta de que Enzo es buena gente, como su padre, porque después de oír mi comentario no se gira para examinar mi atuendo, ni se fija en lo desgastada que está mi camiseta.

—Vamos —dice, y echa a andar—. Un amigo de mi hermano trabaja en Gear, al otro lado de la plaza. Siempre nos hace un poco de descuento.

A primera vista, Gear no es la clase de tienda donde un chaval como yo compraría la ropa, pero después de que Enzo cruce cuatro frases con el chico del mostrador, me anima a que elija un puñado de camisetas y varios pares de pantalones.

—¿Estás seguro? —pregunto; en mi interior se está librando una batalla entre mi bochorno y mi ego. Toda la ropa de esa tienda parece normal y huele a nueva. No puedo creer que este año no vaya a presentarme el primer día con las pintas de siempre, unas pintas que parecen gritar: «¡HOLA, SOY NUEVO!».

—Sí —responde Enzo, como si tal cosa—. Este es el único lugar en el que se puede comprar ropa por aquí. Bueno, a no ser que quieras pasearte por el instituto con un sombrero de paja.

—Ya los he visto. Los venden en el supermercado.

—Tío, me compré unos pantalones de lino una vez y cuando los estrené parecía que llevara puestos unos pantalones de mosquitos. Me pasé varias semanas rascándome el culo, te lo juro. La gente creía que me había salido un sarpullido por el pañal.

Se echa a reír y, por los sagrados Alienígenas, este chaval debe de ser intocable si ha conseguido sobrevivir a un rumor de tal magnitud. ¿Sarpullido? ¿Pañal? Es un bicho raro, igual que yo, solo que se viste con ropa normal y corriente y lleva zapatillas blancas, nada más. No es algo que salte a la vista, pero los bichos raros nos reconocemos entre nosotros. No controla ni fuerza la sonrisa y camina un pelín demasiado rápido.

Dejamos las piezas de ropa que he elegido sobre el mostrador para que papá pase a pagarlas más tarde y volvemos a cruzar la plaza, en dirección a la Gruta de los Gamers. Trato de ignorar las manzanas bailantes de la fuente, pero es imposible no fijarse.

—Espeluznante, ¿verdad? —dice Enzo.

—Menos mal, pensaba que solo era cosa mía.

—Todavía no entiendo por qué no han cambiado esa escultura después de lo que ocurrió —continúa, y sacude la cabeza.

No había atado cabos hasta ahora; las manzanas bailantes homenajean a la fábrica que construyó el fatídico parque temático, el mismo que abrió una herida en Raven Brooks que aún no ha cicatrizado. Me da la impresión de que, por mucho que intente esquivar el tema, es imposible no toparse con él cada dos por tres. La tragedia que sucedió en el Parque de atracciones Manzana Dorada enturbió el ambiente de la ciudad para siempre.

Ahora que estoy más cerca, veo una pequeña placa sobre la escultura, una especie de memorial protegido por un cristal irrompible. Es Lucy Yi. Parece la típica fotografía de anuario; va vestida con el uniforme del colegio y tiene la barbilla apoyada sobre una mano. No puedo evitar fijarme en la pulsera dorada que lleva; de ella cuelga un abalorio, una especie de talismán en forma de manzana. Es un detalle irónico, como mínimo. Bajo la fotografía se puede leer:

EN MEMORIA DE
Lucy Yi
1985-1992

Las risitas de varias niñas retumban en mis oídos. Por un momento, habría jurado que el sonido salía del cristal del homenaje en recuerdo a Lucy Yi.

Y entonces una de ellas dice:

—¿A que no te atreves a acercarte y saludarle?

Miro al otro lado de la plaza y veo un grupito de niñas apiñadas alrededor de una mesa de la tienda de yogur helado. La más bajita de todas asoma la cabeza, empuja a una de sus amigas, se retira el pelo de la cara y se vuelve para saludarme con la mano. La reconozco enseguida. Es Mya, así que le devuelvo el gesto y desvío la mirada de nuevo hacia la fuente.

—¿La conocías? —le pregunto a Enzo—. ¿A la niña que…?

Enzo agacha la cabeza y asiente.

—Todos la conocíamos.

Entonces me mira con una sonrisa torcida y un tanto forzada y alza la barbilla, señalándome a Mya y a sus amigas.

—Bienvenido a Raven Brooks, donde todo el mundo conoce a todo el mundo.

Me da una palmadita en la espalda, igual que su padre le ha hecho al mío en la tienda de cachivaches inútiles, y se pega a mí, como si quisiera contarme un secreto.

—Lo quieras a no, ya los conocerás a todos. Y ellos a ti.

Se ríe entre dientes, pero dudo que estuviese de broma.

—Pero no le des muchas vueltas —dice—. Ahora, juguemos.

No pienso oponerme a eso, obviamente. Tal vez no tenga ni la más remota idea de Raven Brooks o de Manzanas Doradas o de ropa de marca, pero ¿de videojuegos? De eso sí sé. Y mucho. De hecho, soy un hacha.

Papá y Miguel están sentados en la terraza de la cafetería, rememorando tiempos pasados y juergas universitarias mientras

Enzo y yo nos enzarzamos en una lucha encarnizada por conseguir y proteger nuestro territorio en *Mortal Realm*. Llevamos tanto tiempo jugando que veo hasta borroso. Y justo cuando estoy a punto de olvidar que soy el niño nuevo, avisto a Aaron por el rabillo del ojo entrando a la Gruta. Camina con el sigilo de un gato, pero me da la impresión de que toda la sala se ha quedado inmóvil en cuanto ha entrado por la puerta.

Levanto la barbilla y muevo una mano para saludarlo, pero dudo que me haya visto. Está paseándose frente a una exposición de coches teledirigidos. Todos están bien guardados en sus correspondientes cajas de cristal.

—¿Lo conoces? —me pregunta Enzo. No sé si está asombrado o decepcionado.

—Sí, es mi vecino. Vive justo en la casa de enfrente —respondo. Observo la reacción de Enzo con detenimiento y después añado—: Es buen tío.

Enzo no dice nada al respecto. Deja el mando sobre la videoconsola y busca a su alrededor, tratando de ubicar a su padre.

—¿Y soléis pasar tiempo juntos? —pregunta Enzo sin tan siquiera mirarme.

—Sí —admito, a pesar de saber que no es la respuesta correcta. Y en ese preciso instante noto que se me escapa una oportunidad, la oportunidad de parecer un chaval normal y corriente. El tema es que, hasta ahora, Aaron había sido la única persona que me había aceptado tal y como era y que había querido pasar parte de su tiempo libre conmigo, así que no pienso venderle solo porque Enzo sea… en fin, lo que sea. No consigo entender qué es lo que tanto le inquieta de Aaron.

—Un consejo: cuídate y cúbrete las espaldas —dice Enzo, y toda la confianza que me ha demostrado antes desaparece.

Y es entonces cuando creo adivinar qué es lo que le perturba. Aaron le da miedo.

—¿Qué pasa? ¿Mata gatos o algo parecido?

Una vez oí que así es como uno puede saber si alguien es un asesino en serie o no.

—No lo sé —responde Enzo, y juro por los mismísimos Alienígenas que no parece muy convencido de lo que acaba de decir.

—Pero ¡si siempre hay varios gatos callejeros merodeando por su casa! —exclamo. Me niego a creer que no pueda convencer a Enzo de que mi nuevo amigo no es un asesino en serie—. Es majo, en serio —añado, aunque, pensándolo bien, la palabra «majo» no es la más acertada para describir a Aaron. Pero eso no significa que sea Jack el Destripador.

No voy a poder convencer a Enzo. Ha cogido su cesta de la compra y ha dejado el videojuego que quería comprar.

Le sigo hasta la puerta y le acompaño hasta la terraza donde están nuestros padres. Están desternillándose de risa.

—Ah, tío. ¿Por qué hemos tardado tanto en recuperar el contacto? —le pregunta papá al señor Espósito mientras me alborota el pelo, distraído.

—No lo sé, pero me alegro de que estés aquí —responde el señor Espósito, y Enzo y yo nos dedicamos a frotar las suelas de nuestras zapatillas, hasta que por fin nuestros padres se dan cuenta de que estamos ahí, incómodos y esperándolos. Se dan un apretón de manos, un abrazo y se despiden hasta el lunes.

—¿Has encontrado algo de ropa? —pregunta papá.

Asiento con la cabeza y le guío hasta Gear, evitando a toda costa la Gruta de los Gamers. Echo un fugaz vistazo a la sala de videojuegos pero no logro ver a Aaron.

—Enzo parece buen chico —dice papá, y lleva toda la razón. Sí, lo parece. Pero en ese momento lo único en lo que puedo pensar es en su reacción al ver a Aaron. Parecía asustado, muy asustado. Pero lo más curioso era que se había sorprendido al saber que me llevaba bien con él, que no me daba ningún miedo.

De camino a casa, finjo estar de buen humor y lo hago por mi padre. Hacía muchísimo tiempo que no lo veía así. Sin embargo, cuando entro en mi habitación ni siquiera me apetece quitar las etiquetas de la ropa nueva, ni probar mi nuevo manipulador de sonido (básicamente, mi más asombrosa invención hasta el momento; a ojos de un inexperto o un incauto, parece un micrófono de toda la vida, pero cuando el ingenuo se acerca y habla, *¡bam!* Pedos. Forma parte de mi colección de inventos sobre funciones corporales).

Tenía la esperanza de que la excursión a la plaza me ayudaría a evadirme y a olvidar, durante al menos unas horas, la tarde tan extraña y bizarra que había pasado junto a Aaron, pero, entre el santuario a Lucy Yi en la fuente y la reacción de Enzo al ver a Aaron, es como si el universo me estuviera suplicando que repasara hasta el último detalle de lo ocurrido.

No puedo quitarme de la cabeza la expresión de Enzo al ver a Aaron. En cuanto le conté que éramos amigos, empezó a distanciarse, a alejarse. A ver, la familia de Aaron es bastante rara, no vamos a engañarnos. Por culpa de su padre estuve a punto de tener un accidente en la cocina, pero quien había entrado en la Gruta esa mañana no era el señor Peterson, sino su hijo preadolescente. Y había querido convencer a Enzo de que Aaron, y no su padre, no era ningún criminal ni asesino en serie.

Pero ahora que sé que Enzo le teme, empiezo a dudar si no debería temerle yo también.

CAPÍTULO 6

Aaron y yo estamos en misión de reconocimiento, una forma chachi de decir que estamos investigando. Mi madre científica y mi padre periodista estarían muy orgullosos de mí si el objetivo fuese investigar algo relacionado con la ciencia o el periodismo.

Pero Aaron y yo estamos haciendo algunas pesquisas para mejorar mi máquina de pedos.

—Está bien, explícamelo otra vez —pide Aaron.

—Es un manipulador de voz programado para distorsionar la recepción vocal basado en una entrada tonal.

Es, de lejos, mi máquina más sofisticada hasta la fecha y, por desgracia, no he tenido mucho tiempo para jugar y entretenerme con ella porque me paso todas las horas del día con Aaron, forzando y abriendo cerraduras y candados en la fábrica. Para ser sincero, me gusta poder compartir algo con Aaron que se me da mejor que a él.

Aaron se masajea las sienes, como si le doliera la cabeza.

—¿Y cómo funciona?

—Acabo de decírtelo —digo, tratando de no perder la paciencia.

—No, acabas de soltar un montón de palabras que has unido en una misma frase. Pero eso no significa que me hayas explicado cómo funciona.

—¿Cómo puede ser que seas una eminencia en cerraduras

y no seas capaz de comprender la mecánica de un manipulador de audio?

—¿Cómo puedes hablar tantísimo y no decir nada lógico?

—Chicos, si no os importa, os agradecería que bajarais
un poco la voz en mi tienda. Cuando vienen de visita, mis
jefes siempre esperan encontrar un ambiente tranquilo y
pacífico que propicie la estimulación del estado de conciencia de los clientes.

Aaron intenta contener la risa, pero se le escapa un bufido. Le doy un codazo en las costillas y lo empujo hacia la
parte trasera de una exposición de cristales con poderes
curativos.

—Lo siento, señora Tillman.

Nuestra misión de reconocimiento nos lleva, en primer
lugar, a la tienda de productos ecológicos. Necesitamos
provisiones y tenemos motivos de sobra para creer que las
encontraremos aquí.

La señora Tillman esboza una sonrisita y se vuelve con
la tensión y con la rigidez de una persona que se obliga a
relajarse.

—¿Estimulación del estado de conciencia? —sisea Aaron.

—Tío, baja la voz.

—Lo único estimulante aquí dentro son los precios de-
sorbitados de los productos. Esa mujer solía comprar queso
de cabra al tipo de la granja de llamas y siempre dejaba que
las Girl Scouts vendieran galletas bajo el toldo de su tienda.

—¿Queso de cabra? —pregunto.

—Sí, supongo que, además de llamas, también tiene
cabras. En fin, ese no es el tema —resuelve Aaron—. El
caso es que era una mujer maja y agradable. Después se fue

a un retiro de silencio y no abrió el pico en dos semanas. Y cuando volvió empezó a vender esas vitaminas carísimas, que no son más que un placebo, y «barritas de chocolate» a cinco dólares.

Hace el gesto de las comillas cuando dice «barritas de chocolate» y no puedo evitar reírme. Es la primera vez que veo a Aaron alterado y nervioso por algo y, por lo visto, lo que le saca de sus casillas es el falso capitalismo *New Age*.

Cojo una barrita de una estantería donde están colocadas todas las promociones. Pesa más de lo que esperaba y, tal y como anunciaba Aaron, cuesta 4,95 dólares. La palabra «SURVIVA» está estampada con letras gigantescas.

—¿Estas son las «barritas de chocolate» de las que hablabas?

Aaron se echa a reír.

—Sí. Hablo en serio, nunca has olido algo tan asqueroso como eso. Imagínate un estercolero tóxico a rebosar de pañales sucios dentro de un agujero de azufre.

Elegimos tres barritas cada uno antes de volver al mostrador. El total equivale a seis semanas de paga, pero merece la pena. Todo en nombre de la investigación.

—Veintinueve dólares con setenta —anuncia la señora Tillman, y esta vez ni siquiera se molesta en sonreír.

—Gracias, señora Tillman —dice Aaron, y responde a ese ceño fruncido con la más amplia de sus sonrisas.

—El quiosco que hay cerca de la plaza vende chocolatinas que quizá se ajusten más a vuestro… presupuesto —añade antes de darnos una bolsa de papel. Y ahora sí sonríe.

De camino a casa de Aaron, me vuelvo hacia él.

—Así pues, probaremos el sintetizador de audio…

—En la tienda de productos ecológicos Tillman. Por supuesto —dice Aaron.

—Bien —contesto.

—Bien —dice él.

* * *

Esa noche, después de dos barritas Surviva y los famosos rollitos de col de mamá, me siento hinchado, muy hinchado. Creo que tengo gases suficientes como para salir disparado hacia Marte.

Si mi sintetizador de sonido estuviera acabado, podría ponerlo a prueba. Pero soy tan despistado que olvidé el taladro en casa de Aaron; además, él es el único que tiene una grabadora.

Y en ese preciso instante, como si pudiera haberme leído el pensamiento, empiezo a oír el ruidoso zumbido de un taladro. El estruendo se cuela por la ventana, justo la que da a la calle.

—Tío, para —gruño, y me asomo por la ventana—. Vas a quemar la batería.

Aún no he sacado el cargador y, puesto que ignoré por completo las advertencias de mamá, que insistía en que pusiera una etiqueta a todas las cajas, es imposible adivinar dónde diablos debe de estar.

Pego la nariz al cristal para intentar ver a Aaron, pero la luz de su habitación está apagada. Si está jugando con mi taladro, debe de estar haciéndolo en otra parte de la casa.

Estoy empachado, así que no puedo meterme en la cama o acabaré vomitando. Deslizo la ventana y retiro la mosquitera del marco. La casa turquesa venía equipada con un regalo inesperado: justo fuera de la habitación hay un enrejado lo bastante robusto como para hacer las veces de escalera. No soy la clase de chico que se escabulle de su casa en mitad de la noche, mientras sus padres duermen, pero solo quiero cruzar la calle y recuperar mi taladro. Además, es mucho más fácil que despertar a mis padres y explicarles por qué necesito el dichoso taladro.

Oigo de nuevo el zumbido del taladro, pero en cuanto alcanzo la acera de enfrente, enmudece. La luz de la farola que ilumina el porche de mi casa parpadea y, durante unos instantes, me quedo a oscuras en mitad del jardín de Aaron. Es la primera vez que voy a su casa tan tarde y, en ese momento, caigo en la cuenta de que no me han invitado. El cuarto de Aaron sigue en penumbra y, de repente, me da la sensación de estar incumpliendo la ley, de estar violando una propiedad privada.

El taladro se revoluciona una vez más y, de repente, vislumbro un suave resplandor que se cuela por una de las grietas de la puerta que da al sótano. La farola parpadea de nuevo. Estoy más cerca de esa puerta tapiada de lo que creía. Me fijo en la miríada de candados, pero ahora que estoy cerca de los tablones me doy cuenta de un detalle que es más inquietante y perturbador que cualquier candado. Hay huellas de manos por toda la puerta, manchas de aceite y grasa negra por el borde de la puerta, medio tapados y escondidos tras los tablones y los cerrojos. Advierto algunos rasguños en las puntas de los dedos, como si fuesen arañazos fruto de la desesperación.

De repente, el motor del taladro se para y oigo un chisporroteo. Es la señal inequívoca de que la batería ha muerto. Y justo en ese preciso instante se oyen unos pisotones subiendo las escaleras del sótano. Está avanzando peldaño a peldaño, con paso uniforme y mecánico, como si fuese un robot.

Los pasos van directos hacia la puerta.

Salgo pitando de allí y corro tan rápido como me permiten las piernas hacia el otro lado de la calle. La bombilla de la farola se apaga y, cuando por fin consigo llegar a mi casa, ya no veo el enrejado que ocupaba parte de la pared. A mis espaldas me parece oír el repiqueteo de los candados, como si alguien estuviera aporreando la puerta del sótano, o como si estuviera abriendo los cerrojos uno a uno.

A tientas, me inmiscuyo entre los arbustos y las malas hierbas y, al fin, encuentro un listón de madera. Me agarro con fuerza, coloco el pie sobre otro listón y me propulso hacia la ventana de mi habitación. Trepo por la reja hasta alcanzar la repisa de mi ventana y, en ese momento, la farola vuelve a iluminarse.

Oigo que la puerta del sótano rechina. Alguien la está abriendo, pero prefiero no darme la vuelta. Me cuelo por la ventana, que por suerte había dejado abierta, y me tiro al suelo para ponerme a cubierto. El corazón me va a mil por hora. Mis latidos golpean el parqué pero permanezco inmóvil, escuchando atentamente lo que ocurre ahí fuera.

El desconocido pisotea la hierba, pero el ruido queda amortiguado en esa noche silenciosa y húmeda. El aire es tan denso que me da la impresión de que la persona que está al otro lado de la calle me está robando el aliento.

Las pisadas abandonan la hierba y avanzan por la acera. Cada vez está más cerca. Las suelas aplastan las diminutas piedrecitas que hay sobre el asfalto. Cierro los ojos y espero a que el intruso que está ahí fuera, sea quien sea, diga algo, empiece a trepar por el enrejado y se meta en mi habitación, o simplemente escupa una carcajada. No sé, que haga algo, lo que sea.

Pero, en lugar de eso, la persona que camina dando pisotones se queda quieto en mitad de la calle, esperando.

No sé cuánto tiempo pasa. Tal vez un minuto, tal vez una hora. Lo único que sé es que, justo cuando empiezo a pensar que voy a morir ahogado porque ya no puedo respirar, las pisadas reculan hacia la acera, después hacia el jardín y después hacia la puerta del sótano. Las bisagras chirrían, la puerta se cierra y los candados vuelven a asegurar y proteger el secreto tan bien guardado en el sótano de Aaron.

Me asomo por el alféizar de la ventana y, tras comprobar que no hay nadie en mitad de la calle, coloco de nuevo la mosquitera y cierro la ventana. Echo el pestillo, aunque desearía tener más seguridad que eso.

No era Aaron, de eso estoy seguro. Quienquiera que fuese, quería dejarme bien clarito que sabía que yo estaba allí, que era más fuerte que yo y, probablemente, más corpulento que yo.

—Solo tienes los huesos más grandes —susurro, y un escalofrío me recorre la espalda.

No sé qué asuntos se trae entre manos el señor Peterson, ni qué está tramando en su sótano, pero es evidente que quería avisarme de que no metiera las narices en sus cosas. No tengo la menor duda: lo ocurrido esta noche ha sido una advertencia del padre de mi nuevo amigo.

Y el señor Peterson no parece la clase de hombres que avisan dos veces.

CAPÍTULO 7

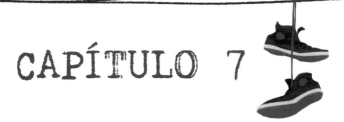

Me despierto sobresaltado al oír el tintineo del enrejado sobre la pared. No he dormido bien. Mi sueño recurrente, otra vez. Esta vez estaba en la tienda ecológica. Sentía el metal frío del carrito de la compra en las piernas. Y lograba avistar varias torres de latas de comida y las gigantescas puertas marrones, con sus topes de goma en el suelo. Pero hoy he logrado bajarme del carrito y, cuando he empujado las puertas, no he visto los pasillos que esperaba, tan solo túneles infinitos hacia todas direcciones, pasadizos serpenteantes y oscuros que no parecían llevar a ningún sitio.

Nunca he pasado tanto miedo.

Una vez, ya hace bastante tiempo, oí a mi abuela decirle a mamá: «Mantén a ese lobo bien atado. Ve demasiadas cosas por la noche». Siempre he odiado las pesadillas, pero mi abuela las detestaba todavía más, lo cual es bastante curioso porque jamás le conté lo que sucedía en ellas. Pero no hacía falta, porque ella siempre lo sabía. Ojalá mi madre hubiera encontrado el modo de atarme.

Entre la pesadilla y el espectro del señor Peterson todavía merodeando por mi mente, ya no consigo volver a conciliar el sueño, así que salgo de la cama de un brinco y voy directo a la ventana, decidido a enfrentarme a la amenaza que está sacudiendo el enrejado.

Pero ahí no hay nadie.

—Habrá sido un gato —me digo a mí mismo. Los gatos del vecindario se han aficionado a trepar por las rejas, un juego entretenido y divertido que me crispa y me enerva todavía más.

Y justo cuando me dispongo a volver a la cama, oigo el crujido de un papel, como si alguien estuviese arrugándolo. Abro la ventana y aparto la mosquitera para poder asomarme por el marco, pero sin correr el peligro de desplomarme y romperme la crisma. Ahí, atrapado entre un listón de madera y las enredaderas que cubren la rejilla hay un trozo de papel de libreta, doblado con mucho cuidado. No lo dudo ni un instante; me encaramo a la ventana y empiezo a descender a toda prisa. Cuando apoyo el pie en el último listón, resbalo, así que me aferro a la rejilla como si mi vida dependiera de ello. Aunque he conseguido no caerme de bruces al suelo, no salgo ileso. Una astilla que sobresalía de uno de los tablones me ha dejado un arañazo bastante profundo.

Pesco la nota y la sostengo entre los labios. Trepo por la rejilla, me escurro por el agujero y coloco de nuevo la mosquitera.

Sonrío, aún me tiemblan las manos y siento un escozor terrible en el brazo. Otro rasguño. Estoy un poco atolondrado y en mi mente ruedan visiones de túneles oscuros e infinitos.

* * *

Llego a las 19:50. Aaron ya está allí. Está sentado, esperándome y con una ganzúa en la mano.

—¿Preparado? —pregunta.

—Ni idea —respondo.

—A ver, respóndeme a esto: ¿te ves capaz de trabajar con sigilo, en un silencio casi sepulcral?

—Ejem… ¿Sí?

—Necesito una respuesta más firme y convincente, Nicky.

Nunca había visto a Aaron tan serio. Se me escapa la risa tonta, y no puedo evitarlo.

—Tío, esto no es un juego de niños, sino una misión crucial que perfectamente podría compararse con una misión de las fuerzas especiales de la Marina de Estados Unidos. Como mínimo. Necesito saber si puedo contar contigo o no.

Trato de recuperar la compostura.

—Venga, hagámoslo.

El tema es que, en cuanto Aaron se enteró de que era un maestro en el diseño y la producción de aparatos y artilugios, se me abrió todo un mundo de oportunidades en esa ciudad extraña y aburrida. La cascarrabias de la señora Bevel restaura cabezas de muñecas antiguas, así que, obviamente, tuvimos que ingeniárnoslas para que sonaran susurros y chillidos espeluznantes en su tienda. No nos andemos con chiquitas: si has montado una tienda de muñecas antiguas descuartizadas, lo lógico es que seas un amante del miedo, del terror. Fue muy fácil. Aaron la convenció de que estaba buscando algo para sustituir la cabeza de su muñeca Madame Alexander, que se había roto; yo me encargué de colocar un enchufe aquí y un interruptor allá y, *voilà*, un segundo

69

más tarde decenas de cabezas de muñecas estaban cantando a coro: «Estamos muy solas» y «Ven a jugar con nosotras».

El señor Quinn deja que su perro haga sus necesidades en el jardín de Aaron cada mañana y, para colmo, nunca recoge la mierda. Todo lo que Aaron tuvo que hacer fue lanzar una pelota al patio trasero para que el señor Quinn se alejara unos minutos del buzón. Fue la oportunidad perfecta para poner a prueba mi catapulta de muelles. El arma elegida, una pelota de espuma muy suave, con forma de caca de perro, fue justicia poética.

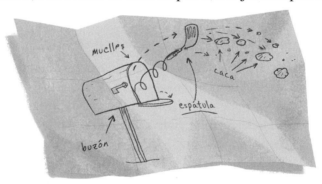

En fin, aunque llevo poco viviendo en la ciudad, tengo la impresión de que el granjero de llamas es un tipo inocentón que nunca ha hecho nada tan grave como para recibir una lección de justicia al más puro estilo Robin Hood, así que no sé muy bien qué estamos haciendo aquí. Aaron está cien por cien concentrado, y no es el mejor momento para cuestionarle o debatir su decisión.

Aaron se pasa la mitad del tiempo mirando por encima del hombro, aunque hemos quedado que, esta vez, yo seré el centinela encargado de vigilar que nadie nos vea.

—Céntrate en el cerrojo —digo.

—Apártate un poco, anda. Estás encima de mí —protesta.

Juro por los sagrados Alienígenas que Aaron está nervioso. Por primera vez le veo así en una de nuestras trastadas.

—Sabes que nos meteremos en un buen lío si nos pillan, ¿verdad? —pregunto, y me seco el sudor que me rueda por la frente.

—Ni en sueños —contesta—. No nos van a pillar.

—Venga ya, no se puede gastar una broma en una granja de llamas sin llamar la atención. Las llamas son una monada, sí, pero si las molestas y se cabrean, prepárate para sufrir consecuencias. Es cuestión de sentido común, nada más —murmuro.

—Número uno —dice—: aquí nadie ha dicho que vayamos a hacerles algo a las llamas. Buscamos algo con más... con más valor simbólico. Las llamas y los establos son como zonas prohibidas, y no nos podemos acercar.

—Prueba con la llave maestra —sugiero. Aaron parece un pelín molesto, pero acepta el consejo y lo prueba.

—Número dos —prosigue—. Creía que tú solo respondías ante tus jefes supremos alienígenas.

—Cierto —admito—. Nos gobierna una raza superior, los Jefes Supremos del Espacio. Un día, cuando menos lo esperemos, descargarán toda su furia sobre nosotros, los terrícolas. Así que lo más sensato es vivir cada día como si fuese el último.

—Lo siento, pero sigo sin comprenderlo —dice—. Pensaba que tu familia era judía.

—Y lo es.

—Entonces, ¿creéis que nos gobiernan extraterrestres?

—Estoy seguro de que podría convencer al menos a un rabino de que es una posibilidad.

Me acerco a él otra vez.

—Tal vez deberías utilizar el rastrillo. La llave maestra no va a funcionar.

Aaron coloca el martillo sobre la llave.

—No vas a poder hacer palanca con eso —insisto.

—No necesito hacer palanca —responde él—, si tengo una llave dinamométrica.

Respira hondo y deja caer el martillo sobre la llave. Con un golpe seco, el viejo candado cae al suelo y, luego, Aaron sonríe.

—Según mis cuentas, esta semana vamos 3-1, ganando yo.

—Oye, no es por nada, pero es lógico que, a estas alturas, seas un hacha en abrir cerraduras y candados. ¡Vives en una casa llena de puertas cerradas a cal y canto! Si no fueses tan vago, podrías practicar con la puerta del sótano de tu casa. En solo un día, hasta un pardillo se convertiría en todo un profesional.

No sé en qué momento ha pasado, pero ya no estamos de broma. Me doy cuenta en cuanto giro y veo a Aaron; está quieto, como una estatua de mármol.

—¿Qué? —pregunto, con un nudo en el estómago.

—Nada. Acabemos con esto, ¿vale? —dice, y abre la puerta casi con tristeza y amargura.

Sin embargo, ese momento de tensión desaparece en menos que canta un gallo, o que bala una llama. Hemos cumplido la misión y hemos logrado entrar en la granja de llamas, propiedad privada de Granjero Llama.

Aaron me mira de reojo.

—Sigilo —susurra.

Asiento con la cabeza.

Nos deslizamos pegados a la valla para que el propietario de la granja, cuyo nombre no conocemos y por lo tanto hemos bautizado como Granjero Llama, no nos vea. No suele salir de ahí, o eso dicen. A veces va a la tienda de productos ecológicos (a primera vista, no parece rencoroso, ni que se la tenga jurada a algún vecino) y le gusta dar largos paseos mientras refunfuña y gruñe algo a las llamas. Y juro por los Alienígenas que le contestan. Pero lo que me tiene con el alma en vilo es que, a diferencia del señor Quinn o la señora Bevel, no hemos podido observar y calcular las idas y venidas de Granjero Llama.

—¿Y si Granjero Llama está en el establo? —susurro.

—Entonces habremos metido la pata —responde Aaron, y se encoge de hombros.

—Pero hasta el fondo —añado.

Damos varios pasos más y, de repente, Aaron sisea:

—¡Peligro a la vista!

Nos tiramos al suelo como francotiradores detrás de una barricada. Alguien se está acercando, y rápido. Sus pasos cada vez se oyen más cerca. Empiezo a repasar mi lista de excusas y explicaciones creíbles.

«Vendemos galletas para promocionar nuestra liga de béisbol.»

«Formamos parte de la organización Futuros Granjeros de América.»

«Venimos a ofrecernos para cortarle el césped.»

—Es el final —lloriqueo—. Mamá, papá, os quiero. Por favor, no me mandéis a una escuela militar.

—Cállate —me ordena Aaron en voz baja, pero la situación le resulta tan graciosa que no puede aguantar más y se echa a reír. Y se tira varios pedos. Y ahora soy yo el que no puede contener la risa. Ah, en fin. He tenido una buena vida, supongo.

De pronto, el desconocido frena en seco a un par de metros.

Aaron, haciendo gala de su valentía, asoma la cabeza y resopla. Y cuando sé que ya no corremos ningún peligro, también salgo de nuestro escondrijo. Me topo de frente con una llama de color gris clarito.

—¿Cómo es posible que sus pasos suenen como los de un ser humano? —pregunta Aaron.

—No te imaginas las veces que me he hecho esa pregunta.

—Vamos —resuelve Aaron, y se sacude las hierbas y las hojas secas de la ropa—. Salgamos de aquí y…

—¿Ignoremos a la llama? —termino.

—Exacto.

Cuadro los hombros, yergo la espalda e imito el saludo militar con la mirada clavada en el horizonte.

—A sus órdenes.

—Recuerda. Con sigilo.

La llama suclta un cructo.

—Y bien, ¿qué estamos buscando? —pregunto.

—El establo —responde Aaron, y los dos echamos un vistazo a la pradera que se extiende ante nosotros. Cuento cinco establos distintos del mismo tamaño y pintados de un azul descolorido.

—¿Podrías ser un poquito más específico?

—Yo… ejem….

Más pasos. Nos volvemos y, de entre las malas hierbas, emerge una llama marrón oscuro.

—¡Anda, mira, pero si se ha traído a un colega! —exclamo.

—¿Podemos centrarnos, por favor? —ruega Aaron, y esta vez utiliza un tono un poco exasperado. Es más que evidente que se ha vuelto a poner nervioso, y no comprendo por qué.

Ya hemos atravesado la mitad del prado cuando, de repente, me doy cuenta de que nos sigue un pequeño rebaño. Al menos cinco llamas nos están siguiendo hasta la cabaña azul que está en el borde de la pradera.

Me echo a reír.

—¿Qué pasa?

—Siento comunicarte que nos hemos dejado el sigilo en la puerta. Por si no te has fijado, unas *grupis* nos pisan los talones.

Una de las llamas estornuda, y me salpica el brazo de saliva.

—¿Qué más da? Ya casi hemos llegado al establo, ¿verdad? —digo.

Pero justo cuando estamos a apenas unos pasos de la cabaña, oigo una voz gritando a lo lejos.

—¡Maggie! ¿Frank? ¿Qué diantres estáis haciendo ahí?

Al principio me da la sensación de que se refiere a nosotros, pero dos de las llamas se vuelven al oír la voz de su pastor.

—¡Ostras! ¡Corre! ¡Vamos, vamos!

Me tiro en plancha al suelo y repto como suelen hacerlo los marines. Se me meten varias briznas de hierba seca en los pantalones que pican como un demonio, pero continúo avanzando hacia la cabaña azul.

—¡Joey! ¡Cindy! ¿Dónde diablos os habéis metido?

Espero que alguien saque la cabeza de alguna de las ventanas de los establos azules y le responda, pero no puedo estar más equivocado. Está claro que Maggie, Frank, Joey y Cindy son las llamas que están pastando detrás de nosotros, siguiéndonos el rastro, revelando nuestra ubicación, sentenciándonos.

—Ahora o nunca, Nicky —murmura Aaron, y esta vez sé que no es una de sus provocaciones. Estamos en un buen lío pero al menos estamos juntos.

Me arrastro cual serpiente un poco más y, en un acto de impresionante valentía (está bien, lo reconozco, de absurda idiotez), me pongo de pie de un brinco y doblo la esquina de la cabaña. Aaron me sigue de cerca.

Estamos jadeando, pero al menos ya no corremos peligro, o eso creemos. Apoyamos la espalda sobre los tablones de madera desconchada de la pared para recuperar el aliento. Y ahí, en mitad de la oscuridad, veo que a Aaron se le iluminan los ojos.

—¿Qué ocurre? —pregunto con un hilo de voz.

—Ya está, lo hemos logrado —susurra, y dibuja una sonrisa de oreja a oreja.

No entiendo por qué está tan contento. Al fin y al cabo, es un establo de llamas, no un palacio de monarcas y duques. Pero si estamos aquí esta noche, es por una razón.

Unos segundos después, oigo unas botas pisoteando la maleza, justo donde nos habíamos escondido antes.

—Hora de cenar —anuncia una voz grave y profunda.

Está bien, ahora sí es una persona. Y está tan cerca que incluso le oigo resollar.

Nos quedamos en absoluto silencio. Ni siquiera nos atrevemos a respirar. Cierro los ojos y deseo volverme invisible.

Una de las llamas gruñe.

—Eh, no utilices ese tonito conmigo —advierte Granjero Llama. Le doy un codazo a Aaron y él se muerde los nudillos para no perder el control y chillar como un histérico.

El pastor se abre camino entre las malas hierbas y, por fin, otra llama responde con un sonido bastante más agradable.

—Muy bien, eso me gusta más —dice. Oímos que da media vuelta y se marcha. Una a una, en fila india, las llamas siguen a su maestro, soltando gruñidos de júbilo y alegría, o eso creo.

Esperamos varios segundos, o quizá minutos, para asegurarnos de que está lejos, y su séquito de llamas también. Aaron es el primero en salir del establo. Con suma cautela, le sigo. Me hace señas para que nos dirijamos hacia una zona en concreto.

En una esquina del establo hay un montón de carteles de hojalata apilados. Los observamos en silencio durante un buen rato.

—¿Para qué necesitaría tantos? —pregunta Aaron.

Estoy nervioso, así que miro por encima del hombro para comprobar que estamos solos.

—¿Estás seguro de que no se va a dar cuenta?

—Nicky, pero si tiene un millón al menos —responde él.

Sé que lleva razón, pero no tengo la conciencia tranquila. Creo que lo que estamos haciendo no está bien, nada bien.

Nos mantenemos alejados de las carreteras principales y serpenteamos por carreteras secundarias y caminos solo para peatones; evitamos las farolas y cualquier tipo de iluminación callejera como si fuesen kriptonita. Tengo el cartel guardado bajo el brazo. Aaron es el encargado de urdir un camino seguro y yo de vigilar la retaguardia.

Esa noche, cuando llego a casa, no puedo parar de rascarme la barriga. Me ha salido una especie de sarpullido rojo y, al final, no me queda más remedio que preguntarle a mamá dónde está la crema con cortisona.

—Por el amor de Dios, pero ¿qué has hecho? —pregunta. Se ha quedado boquiabierta cuando me he levantado la camiseta y me ha visto la panza. Me he rascado tan fuerte que me he arañado la piel. Parece que me haya peleado con un gato.

—Roble venenoso —digo. Una mentira penosa, para qué engañarnos.

—¿Roble venenoso? Pero si el sarpullido solo te ha salido en la barriga —comenta mamá, y me mira con los ojos entornados.

—Es un tema personal, ¿vale?

Sí, sé que es deleznable pero me he visto obligado a recurrir a la última excusa, la única explicación capaz de poner punto y final a cualquier interrogatorio a un adolescente.

Mamá retrocede varios pasos con las manos alzadas.

—No quiero saberlo.

Es mi segunda victoria del día.

Espero a oír el chasquido del botón de apagado del televisor de mis padres. Un par de minutos después los dos ya están roncando como lirones. Y es entonces, y no antes, cuando saco el cartel dentado de hojalata de debajo de mi cama.

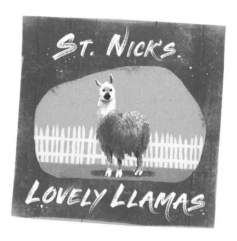

Observo mi premio con detenimiento:

No teníamos alternativa. Debíamos cogerlo. Estaba dirigido a mi nombre, literalmente.

Para ser justos, se dirigió al de Aaron primero. Bueno, no, era mi nombre, pero él respondió a la llamada y planeó un atraco que iba a tener un significado especial para mí, y solo para mí.

El trabajo de papá siempre nos había obligado a mudarnos cada dos por tres, con lo que nunca había tenido la oportunidad de hacer un buen amigo. Esa noche no dejo de dar vueltas en la cama. Estoy preocupado e inquieto. No sé cuánto tiempo tardaremos en volver a hacer las maletas e irnos de Raven Brooks.

CAPÍTULO 8

Finales de julio y ya hemos conseguido abrir la mayoría de candados y cerraduras de las puertas de la fábrica Manzana Dorada. He aprendido muchísimo de Aaron y casi soy tan bueno como él, pero no hace falta que se lo diga porque él también lo sabe. Creo que está satisfecho y orgulloso de mí pero a veces, como por ejemplo hoy, me da la impresión de que está celoso.

Ver para creer. Imagínatelo por un momento: un chaval celoso de Nicholas Roth. El alumno nuevo. El Narfinator. El único adolescente del planeta que se sabe los diálogos de cada episodio de *Dimensión desconocida* de memoria (gracias, papá) y todos y cada uno de los elementos de la tabla periódica (gracias, mamá). El único chico que prefiere cenar sushi antes que una hamburguesa de queso, a quien le gustan las chicas más altas que él y que opina que Talking Heads sigue siendo la mejor banda del mundo mundial, digan lo que digan.

—¿Piensas abrir ese candado este siglo o debería empezar a racionar la comida? —pregunta Aaron, que está detrás de mí.

Sí. Está celoso.

—Ya te avisé que te acabaras el desayuno —digo tratando de imitar el tono que suele utilizar mi madre.

—Cómete esto —espeta, y me da un puñetazo en el

hombro. Por suerte, logro abrir el candado a tiempo para empujar la puerta, de forma que él tropieza, pierde el equilibrio y acaba cayéndose de bruces sobre una pila de papel de burbujas para embalar. Por lo visto, hemos encontrado el departamento de paquetería y envíos.

Me desternillo de risa. Y no puedo parar. Por un momento pienso que voy a partirme alguna costilla de tanto reír y, al final, Aaron también se echa a reír.

—Pues no hay nada interesante aquí —digo, después de apartar una caja llena de paquetes de cacahuetes.

—No tan rápido, vaquero —replica Aaron, que está haciendo explotar las burbujitas una a una.

Es curioso pero es algo que a todos nos fascina hacer. Nos quedamos como embobados, hechizados.

Después de haber terminado todo un rollo de papel de burbujas, los dos estamos muertos de hambre, así que volvemos a la sala que habíamos bautizado como el cementerio de la electrónica antes de que lo recogiéramos y lo limpiáramos. Ahora la llamamos la Oficina.

Dejamos un televisor y un reproductor de VHS después de descubrir que el generador que proporciona energía a la cinta transportadora también da electricidad a algunos de los despachos de la segunda planta. A lo largo de su vida, Aaron ha acumulado una importante colección de películas gracias a su obsesión por grabarlas cuando las emiten por televisión. Y, a decir verdad, tiene un gusto exquisito. Sabe elegirlas muy, muy bien.

Nos colamos en los despachos más amplios, donde debían de estar los antiguos jefes, y robamos un par de sillones de oficina reclinables, la mar de cómodos por cierto, y los llevamos hasta nuestra sala de cine particular. Aaron se pone a hurgar en un cajón y saca una bolsa de galletitas saladas con sabor a queso y un par de latas de refresco.

—¿En serio guardas comida aquí? —pregunto, y abro la bolsa de galletas. De pronto, oigo que algo corretea por la pared, justo detrás de mí, y hago una pausa. Perfecto. Ahora las ratas ya saben que tenemos galletas saladas.

—Me gusta estar preparado —dice Aaron—. El final está cerca —añade, y suelta una carcajada macabra. Pongo los ojos en blanco. Sí, todo vuelve a la normalidad. Bueno, la normalidad que se puede conseguir estando junto a Aaron.

Creo que es el momento perfecto para preguntarle por qué todo el mundo reaccionó de esa manera cuando entró en la Gruta de los Gamers, en la plaza. Ya han pasado varias semanas, pero me pica la curiosidad y necesito saberlo.

—Fui a comprar ropa con mi padre —empiezo.

—Suena fascinante —farfulla él.

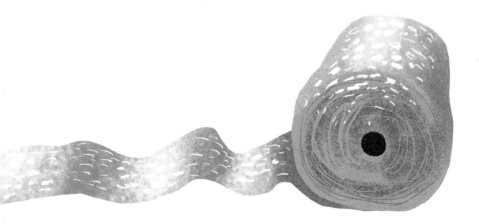

—No estuvo tan mal. Conocí a un chico, un tal Enzo, que me enseñó cosas bastante aceptables, la verdad —continúo, desviando la conversación hacia la parte que más me interesa.

Pero Aaron no dice nada, tan solo juguetea con la anilla metálica que ha arrancado de la lata de su refresco.

—Creo que me dijo que te conocía —insisto.

Y esta vez al menos levanta la vista de la lata.

—No sabe nada de nada.

Está bien, he abierto una herida, pero en lugar de dejar el tema, en lugar de callarme, decido presionarle un poco más.

—Ya, pero… ¿por qué todo el mundo se…? No sé cómo decirlo…

Me observa sin tan siquiera pestañear.

—Se incomoda cuando está cerca de ti —acabo, aunque eso no es lo que realmente quería decir. Lo que realmente quería decir era «se asusta cuando está cerca de ti». Quiero preguntarle por qué a mí no me asusta. Y si el hecho de no temerle me convierte en un pringado, en la víctima perfecta de una película de miedo de serie C.

—¿No habrás, no sé, asesinado a un gato o algo así, verdad? —pregunto, y no sé cómo seguir la conversación, así que suelto lo primero que se me pasa por la cabeza—. Porque me encantan los gatos.

Aaron me mira como si los Alienígenas acabaran de aterrizar en nuestro planeta, como si fuese un engendro extraterrestre, como si tuviera tubos en lugar de orejas, antenas en lugar de ojos y una lengua afilada y puntiaguda que no dudaré en utilizar para devorar a toda la raza humana.

—¿Y por qué iba a asesinar a un gato? —replica, y la pregunta queda suspendida en mi mente. Suena bastante ridícula, la verdad sea dicha.

—No lo sé —respondo, dubitativo.

—Enzo dejó de quedar conmigo porque se vició con los videojuegos —explica Aaron en voz baja mientras trata de doblar la anilla de la lata de refrescos. Al final, termina por romperla. La lanza a la otra punta de la sala, donde hemos colocado una vieja papelera.

No hace falta que diga nada más. Intuyo lo que viene después. Creo que incluso podría adivinar las palabras que utilizaría: «Enzo prefiere entretenerse con los carísimos videojuegos que su padre, un tipo que ha triunfado en la vida y que goza de un éxito envidiable, le compra casi a diario porque su padre sí tiene un trabajo, un trabajo fijo y estable». Ese, por cierto, es otro tema que no sé cómo poner encima de la mesa. Su padre siempre está en casa, incluso durante el día, igual que el mío durante ese periodo de tiempo entre el despido y el nuevo contrato.

Hay varias razones que explican por qué los Enzo del mundo no suelen quedar con los Aaron y los Nicky del mundo. No siempre son razones lógicas, o justas, por supuesto. Pero siempre las hay.

«Qué lástima», pienso para mis adentros. Enzo parecía un buen chico.

Dejo escapar un eructo descomunal que retumba en la habitación y en los pasillos de esa fábrica.

—A mí tampoco me gustan mucho los videojuegos —le digo.

Es una mentira como una catedral, y Aaron también lo

sabe, pero por primera vez en todo el día parece tranquilo y relajado, y el chico de doce años que conocí por fin vuelve a aparecer.

Sin embargo, unas horas después, cuando volvemos a casa de Aaron, la serenidad y paz que le habían embargado por la tarde se desvanecen. La carga de su familia es demasiado pesada para él.

Toda la familia Peterson está de mal humor. Al principio pensé que solo su madre estaba enfadada; nos había recibido con mala cara y había vuelto a sus quehaceres sin musitar una sola palabra. Me había pasado un buen rato quitando la mierda de rata que se me había quedado pegada a las suclas dc las zapatillas y, por si acaso, las había dejado en el porche. Aaron no me había esperado, y no tenía ni la más remota idea de dónde estaba. Entré y, en uno de los pasillos, me topé de frente con Mya. Echó un vistazo por encima del hombro y, cuando se volvió y me vio, dio un respingo.

—Jesús, Nicky, ¡me has dado un susto de muerte! ¡Pareces un chalado siniestro!

—No soy...

—Tengo que irme —me dijo, y se fue pitando hacia la puerta principal, no sin antes volver a mirar por encima del hombro, pero no a mí, sino detrás de mí. Me di la vuelta porque quería averiguar qué estaba buscando, pero a mis espaldas tan solo había sombras, las mismas que se instalaban y bailaban en todos los rincones y recovecos de la casa de los Peterson.

Ahora, sentados en el suelo de su habitación y trasteando con el candado de una vieja cadena metálica que robamos de una zona de obras, espero a que Aaron diga algo. Cualquier cosa. Porque llevamos ahí sentados más de una hora y ninguno de los dos hemos abierto la boca.

—Mis padres han recibido una carta del instituto. Ya tengo el horario, pero es bastante absurdo porque no conozco a ningún profesor.

—Mmm —gruñe Aaron.

—En el último colegio en el que estuve tenía una profesora de ciencias naturales —continúo— que estaba obsesionada con los conejos. Tenía más de diez en su casa, como mascotas, y no hacía otra cosa que preocuparse por ellos. A veces incluso los traía a clase porque tenía miedo de que se sintieran solos, pero yo siempre creí que era ella la que se sentía sola…

—Ajá…

—Sí, a ver… me parecía bastante raro… —añado, y me aclaro la garganta.

Aaron echa un vistazo por la ventana.

—Los Jefes Supremos Alienígenas vinieron a verme ayer por la noche. Aterrizaron en mi jardín con su nave espacial y amenazaron con derretirme el cerebro y convertirlo en sopa de cebolla si no les prometía que me convertiría en un agente secreto extraterrestre y les desvelaba los secretos más confidenciales de la inteligencia humana.

—Ya —murmura Aaron sin apartar la mirada del cristal.

—¿Me ayudarás entonces?

—¿Eh?

—A convertirme en un agente doble, un agente alienígena y un humano.

—Tío, ¿de qué estás hablando?

—¿Se puede saber qué te pasa? Estás como pensativo,

85

como si tuvieses la cabeza en otra parte. Y llevas así desde que nos marchamos de la fábrica —digo.

Aaron vuelve a clavar los ojos en la ventana. Y justo cuando estoy a punto de tirar la toalla e irme a casa, dice:

—¿Alguna vez piensas que tal vez seamos…?

—¿Qué?

—Nada, no importa —murmura él, y agacha la mirada.

—¿Qué? ¿Tritones, hombres sirena? No, la verdad es que no. Nunca he pensado que tal vez sea un hombre sirena. A ver, me gusta nadar y eso. Y no se me da nada mal. Me acuerdo que había un lago cerca de…

Aaron chasquea la lengua.

—Eres un bicho raro.

—Uy, ni te lo imaginas. Pero eso ya lo sé. Y desde hace bastante tiempo, por cierto.

Aaron por fin me mira a los ojos.

—¿Alguna vez piensas que eres… malo?

Dicho así parece una pregunta muy sencilla. Y la respuesta debería ser muy sencilla. Pero tanto Aaron como yo sabemos que no es tan sencilla.

—Sí, gastamos bromas un pelín pesadas a la gente. Y sí, quizá un ciudadano de bien, un ciudadano respetable, un ciudadano que se viste por los pies no haría ese tipo de travesuras —digo, y me parece oír a mi madre aconsejándome que use mis poderes para hacer el bien, y no el mal.

—No, me refiero a malo de verdad, a mezquino —puntualiza Aaron, y baja de nuevo la mirada.

Rememoro mi sueño, el sueño que me acecha, el sueño que tengo prácticamente cada noche pero que prefiero no recordar durante el día. Estoy en un supermercado, rodeado de varias estanterías a rebosar de comida. La tienda está a oscuras y estoy solo. Y, aunque no tengo ni idea de por qué, estoy convencido de que estoy ahí por mi culpa.

—Creo que alguna vez hice algo malo —reconozco. Lo he dicho sin pensar. Es como si me estuviera oyendo a mí mismo desde la otra punta de la habitación.

—¿Y no sabes lo que es? —pregunta Aaron, y me mira con los ojos entornados, como si quisiera pillarme en una mentira.

—No me acuerdo —digo. Nunca lo había admitido hasta entonces, pero es verdad—. Es por un sueño recurrente. A veces cambia un poco, pero siempre, siempre, acabo en el mismo sitio.

—¿Y por qué crees que hiciste algo malo? —pregunta Aaron.

Medito la respuesta durante un minuto y, cuando por fin logro acallar los gritos y chillidos que retumban en mi cabeza, oigo la voz de mi abuela. «Tienes que dejar de deambular por ahí como un chiflado despistado, o un día no volverás a casa».

—Porque a veces voy donde no debería ir —digo—. A veces, voy demasiado lejos

Los dos nos quedamos en silencio, contemplando la ventana. Me pregunto cómo serán las pesadillas de Aaron y si en ellas se siente tan solo como yo.

—En mi humilde opinión, que hagas alguna maldad de vez en cuando no significa que seas malvado —dice Aaron después de un largo e incómodo silencio.

Y, de repente, caigo en la cuenta de que todavía no he averiguado por qué Aaron reaccionó de esa forma tan inesperada y extraña el mes pasado, en el Parque de atracciones Manzana Dorada. Me estrujo el cerebro tratando de imaginar alguna broma pesada que se torciera y saliera mal. ¿Aaron podría haber manipulado la montaña rusa y haber provocado el accidente? Intento parar esa vorágine de pensamientos. Una trastada es inofensiva, pero ¿derribar una montaña rusa con nueve años? Es imposible. No puedo creerlo. Si no se refiere a eso, ¿a qué se refiere?

—¿Y qué hace que una persona sea mezquina, entonces? —pregunto.

Aaron se mete las manos en los bolsillos, como si estuviese avergonzado. Y entonces, con un hilo de voz apenas audible, me parece oírle decir:

—Alegrarte cuando ocurren desgracias o cosas malas.

Le observo con detenimiento, tratando de descubrir algo, una pista, que me ayude a entenderle, pero su expresión es tan impasible como su tono.

Y, de repente, me mira y sonríe y vuelve a ser el Aaron de siempre, el mismo que planeó y organizó una misión solo para que yo consiguiera un cartel con mi nombre, el mismo que se había dedicado a trazar el camino más seguro a través de Raven Brooks para que pudiera regresar a casa sano y salvo y con mi tesoro de hojalata.

Es mi amigo. Y es un amigo de verdad. Da igual lo que hiciese, o lo que él crea que hiciese. Pienso apoyarle. Y defenderle a capa y espada.

—Tengo hambre —digo—. Vamos a por unos tacos.

CAPÍTULO 9

Esa noche me tumbo en la cama con la esperanza de dormirme enseguida, pero tengo el estómago revuelto. No sé si es por los tacos, o porque la conversación que he mantenido con Aaron me ha recordado al Parque de atracciones Manzana Dorada. No puedo dejar de pensar en esa tragedia, en ese momento en que el vagón salió disparado de los raíles de la montaña rusa y aterrizó en un árbol. Debo de ser el único chico de doce años del mundo que tiene colgada la página de periódico con la noticia del trágico accidente encima del cabezal de la cama. Cada noche leo el artículo y trato de encontrar nuevas pistas o detalles que se me hayan podido pasar por alto. Ya se ha convertido en un hábito. No se me ha ocurrido una buena excusa para volver a la biblioteca de la universidad desde que aproveché la oportunidad de que mamá tenía que ir, así que la segunda parte de la historia sigue siendo todo un misterio.

Tal vez espero que todo cobre sentido. Tal vez no quiero saber cómo termina la historia. Pienso en lo asustada que debía de estar esa pobre cría, en qué debieron de pensar los que atestiguaron, en si se dieron cuenta de lo que estaba ocurriendo o en si siguieron montándose en otras atracciones sin preguntarse a qué venían esos chillidos aterrorizados. Pienso en qué habrían hecho mis padres si la víctima hubiese sido yo. La única vez que he visto a mi madre llorar fue cuando murió mi abuela. No sé si lloraría tanto si yo, su propio hijo, falleciera como Lucy Yi.

No me queda otro remedio que aceptar la cruda realidad: voy a tener que vomitar. Y en ese preciso instante un alarido rompe el silencio nocturno y me saca de la cama de un brinco.

Voy corriendo hacia la ventana y pego la frente sobre el cristal para intentar ver qué o quién ha podido emitir un sonido tan angustiado y espeluznante. Ha venido del otro lado de la calle, de eso no me cabe la menor duda.

Y, aunque parezca descabellado, pondría la mano en el fuego de que parecía la voz de Aaron. Jamás le he oído gritar y ¿por qué iba a hacerlo a las dos de la madrugada?

Aun así, he percibido algo en ese lamento que me ha resultado muy, muy familiar.

Me quedo observando la calle un buen rato, hasta que el aliento empieza a empañar el cristal. Pero tras aquel bramido a esas horas intempestivas, el vecindario vuelve a quedar sumido en un silencio absoluto. Ni siquiera se oye el maullido de un gato, o el murmullo de las hojas.

Quizá me había quedado dormido, me digo a mí mismo. Me había ensimismado tanto en accidentes mórbidos y familias de luto que mi mente había soñado el grito.

Esa explicación no acaba de convencerme, pero el dolor de tripa es insoportable y estoy empapado en sudor. Abro la ventana para respirar algo de aire fresco y el silencio vuelve a romperse, aunque esta vez por el débil pero inconfundible sonido de una música. Es la música que suele anunciar la llegada del camión de los helados.

Al otro lado de la calle, entre las grietas de los tablones que tapian el sótano de los Peterson, se cuela un resplandor. Empiezo a tener *flashbacks* de la noche en que pegué la oreja sobre la puerta de la casa de Aaron, la misma noche en que el señor

Peterson cruzó la calle y merodeó alrededor de mi casa, pero un recuerdo mucho más vívido y reciente aleja esas imágenes. El recuerdo del alarido que me ha despertado y que, por lo visto, no ha perturbado al resto del vecindario, igual que la música.

Intento hacer caso a la lógica y al sentido común y escuchar esa vocecita que me ruega y suplica que me quede en mi habitación, que no abra la ventana y me asome, pero la curiosidad puede conmigo y acabo haciendo lo que no debo. De tanto subir y bajar por la rejilla de madera, se ha vuelto más inestable e insegura, pero ahora mismo no me importa. Lo único que me importa es acercarme a casa de los Peterson. Necesito comprobar que todo está en orden. Necesito que Aaron me asegure que está bien, que sea lo que sea que esté pasando en el sótano es totalmente inofensivo. Y necesito saber que la música y los gritos no son más que…

¿No son más que qué? ¿Un ensayo de una obra de teatro? ¿Una fiesta temática al más puro estilo novela de misterio? ¿Un cómico malentendido que se ha inventado el niño de la casa de enfrente, el que siempre lleva las zapatillas sucias y llenas de barro?

El rocío que cubre el jardín de los Peterson me empapa los pies. Me coloco debajo de la ventana de la habitación de Aaron y de la copa del roble caen diminutas gotas de agua. Rastreo el jardín hasta encontrar una piedrecita que poder tirar al cristal y así avisarle. Después de varios intentos fallidos, por fin consigo acertar. Me agazapo entre los arbustos y espero a que se levante hecho un basilisco y me grite que le deje en paz. Nada me tranquilizaría más en ese momento. Pero el cuarto de Aaron sigue a oscuras. La música del sótano suena interrumpida, como si sonara de un tocadiscos, lo que me inquieta todavía más. Estoy hecho un manojo de nervios.

—Vamos, vamos —le ruego a Aaron en voz baja, e intento llamar su atención, así que lanzo otra piedrecita a su ventana. Pero los nervios me traicionan y la lanzo con demasiada fuerza; no oigo un suave tintineo, sino un crujido. Me quedo horrorizado al comprobar que he roto el cristal de su ventana.

De repente, la música del sótano enmudece y los pasos ya no suenan tranquilos y uniformes, sino que suben los peldaños a toda prisa, con torpeza. Junto a esas zancadas atropelladas se oye el tintineo de un juego de llaves, un sonido que anuncia la inminente apertura de los cerrojos y candados que bloquean la puerta.

Estoy al borde de un infarto. Estoy desbordado y frenético porque sé que no me va a dar tiempo a cruzar el jardín de los Peterson y alcanzar la acera de enfrente sin ser visto. No voy a pasar inadvertido, así que descarto la opción de inmediato. Esa casa no ofrece ninguna guarida o recoveco en el que esconderme. Echo un vistazo a mi alrededor; ni siquiera hay un mísero arbusto bajo el que cobijarme. Tampoco puedo recurrir al garaje, ya que no tiene, o al menos no lo veo por ningún lado. El único lugar donde puedo ocultarme es en el jardín trasero.

Por fin reacciono y salgo disparado como un rayo hacia el jardín trasero. Siento un subidón de adrenalina; había oído que el cuerpo humano suele responder así en momentos de crisis. Mis piernas, dos alambres enclenques, corren a más velocidad de lo que habría imaginado. Me tiro de cabeza al único escondrijo que logro ver, un par de robles que se erigen justo detrás de la casa. Es el peor escondite de la galaxia, pero no puedo sopesar otras opciones porque el tintineo de las llaves me martillea los oídos y la puerta empieza a moverse del marco.

Me escabullo detrás del tronco y un ruido atronador rompe el silencio nocturno. Es la puerta del sótano. Tengo el corazón en un puño. Me asomo entre las hojas y me doy cuenta de que, pese a sus constantes intentos, se le resiste un cerrojo. Sea quien sea quien esté detrás de esa puerta, se da por vencido y tira la toalla. Pero por muy poco tiempo porque, segundos después, se abalanza contra el portón de madera para intentar derribarlo.

Me voy haciendo más pequeño con cada batacazo; la puerta empieza a ceder ante el peso de las incesantes acometidas y oigo un suave crujido. Los tablones de madera están comenzando a astillarse. Siento un escalofrío por todo el cuerpo que me inmoviliza, me paraliza. Tras una última y violenta embestida, ese cerrojo testarudo se suelta de la bisagra y cae al suelo. Se abre la puerta y aparece un señor Peterson descomunal e imponente, con la cara sudorosa y roja como un tomate y con espuma blanca acumulada en la comisura de los labios.

Me agarro al tronco del roble y, en silencio, ruego y suplico que el animal salvaje que se ha apoderado del señor Peterson no logre oír el latido de mi corazón con su oído supersónico. No puedo controlar el tembleque de todo mi cuerpo, por lo que las hojas de la copa del árbol también tiemblan. Solo rezo porque no se descuelgue ninguna.

Aterrorizado, observo al señor Peterson. Está merodeando por el jardín, tratando de encontrar el sonido que ha interrumpido su trabajo en el sótano. Desde mi madriguera le oigo jadear y se me pasan por la cabeza las ideas más dementes y absurdas.

Tacos. Ha sido el plato que he elegido para mi última cena.

Mamá se decepcionará muchísimo en cuanto se entere de que he utilizado mis poderes para meter las narices en asuntos que no me competen.

Nunca podré poner a prueba mi manipulador de sonido.

A pesar de este episodio tan terrible y espeluznante, un

episodio que ha incluido un taladro, un cristal roto y una puerta destrozada, Aaron y el resto de la familia siguen arropados en la cama, durmiendo a pierna suelta, ajenos al hecho de que el vecino que vive al otro lado de la calle está a punto de ser aniquilado por su padre psicópata.

El señor Peterson se arrodilla sobre el césped del jardín y examina lo que imagino que deben de ser las huellas que he dejado en el barro. Y es entonces cuando caigo en la cuenta de que ahí hay una sepultura. Bueno, no estoy seguro de que sea una tumba de verdad porque no alcanzo a ver si hay un cadáver o no, pero tiene toda la pinta de serlo. El señor Peterson se pone de pie poco a poco y atraviesa el jardín pisotcando la hicrba, aplastándola. De lejos, parece haberse calmado un poquito, como si hubiera conseguido amansar a la fiera que lleva dentro. Coge la pala y empieza a tapar la sepultura, aunque juraría que ahí dentro no hay nada, tan solo un agujero vacío en el que supongo que entierra intrusos como yo.

Pasan diez minutos. Y después veinte. Y después treinta. Tengo las piernas entumecidas y cada vez me siento más y más débil. De repente, deja de echar tierra a esa fosa y todos mis sentidos se ponen alerta. El señor Peterson se dirige hacia la acera y se queda quieto en mitad de la calle, con la mirada clavada en la ventana de mi habitación. Está buscando alguna señal de vida justo ahí, y no detrás de él, bajo su propio árbol.

Trago saliva. Se me había quedado la garganta totalmente seca. Pero no sirve de nada porque creo que me he deshidratado de todo lo que he sudado. No me queda ni una gota de agua en el cuerpo. Me habría meado encima si no hubiera estado más seco que el desierto.

Y, de pronto, el señor Peterson parece tranquilizarse, como si el hecho de contemplar la ventana de mi habitación le hubiera dado todas las respuestas a sus dudas e inquietudes. Se da media vuelta y deshace el camino. Atraviesa el jardín y, otra vez, echa un vistazo a las malas hierbas que crecen alrededor de su casa.

Está a punto de verme. Lo sé, lo presiento. A pesar del tronco tras el que me escondo, el color chillón de mi camiseta destaca demasiado. Nunca me habría imaginado que el destino me tenía preparado ese final. Me he quedado sin fuerzas. Ni siquiera me queda una gota de adrenalina. Lo único que puedo hacer es quedarme ahí, esperando a ser descubierto en cualquier momento.

Pero el señor Peterson no despega la vista del suelo. Sigue caminando con tranquilidad, casi con serenidad, hacia la puerta del sótano. Con sumo cuidado y meticulosidad, echa todos y cada uno de los pestillos que han sobrevivido a la matanza.

Espero a estar seguro de que no me ha tendido una trampa. Espero a que la música no vuelva a ponerse en marcha, a no oír pisotones subiendo los peldaños del sótano a toda prisa. Espero no percibir ni una sola señal de vida en esa casa, la misma de la que hace apenas unos minutos había salido un monstruo furioso y atemorizante.

Y es entonces cuando salgo de mi guarida. Me da miedo trepar por el enrejado de madera, así que me planteo echarme a dormir en el patio trasero. En cuanto consigo entrar en mi habitación, empujo la cómoda hasta delante de la ventana, como si fuese una barricada.

Al día siguiente me despierto sintiéndome más valiente. Tal vez sean los primeros rayos de luz que se cuelan por las esquinas de la cómoda, o tal vez sean las agujetas que noto en cada músculo de los brazos… sea lo que sea, anoche tuve la sangre fría de esconderme detrás de ese roble. Me acerco a la cómoda y la arrastro de nuevo a su lugar de la habitación. Me quedo contemplando la casa de enfrente, la misma que, envuelta en el manto nocturno, me había aterrorizado hasta el punto de creer que estaba en una película de miedo.

—No me das tanto miedo —le digo a la casa, y al hombre que vive dentro. Casi me lo creo, pero doy un respingo al oír una especie de crujido debajo de mi ventana.

Saco la cabeza y justo ahí, metido entre los listones de madera del enrejado por el que me escabullo a escondidas, hay un papel amarillo doblado. La brisa agita las esquinas de la página, de ahí ese murmullo, ese ruido tan aterrador.

Entro de nuevo en mi habitación y hurgo en mi caja de cachivaches y artefactos varios en un intento de dar con lo que estoy buscando, una pequeña herramienta la mar de útil que ideé y confeccioné después de darme cuenta de que esa maraña de hierbajos que se acumulaba bajo el enrejado se iba a convertir en el buzón donde Aaron me entregaría todos sus mensajes secretos. Por fin la encuentro: el agarrador es un expansor de un recogedor de piscina que aproveché y la palanca la saqué de un recogedor de cacas de perro.

Vuelvo a la ventana y, con mucho cuidado, bajo el agarrador y recupero la notita. Por fin la tengo entre mis manos. Despliego el papel para leer el mensaje y me siento incluso peor que cuando me desperté en el suelo.

CADA VEZ ESTÁ PEOR.

Echo un vistazo por la ventana y escudriño la casa de enfrente. Espero a que el mensajero me envíe una especie de señal o que salga a la luz, pero en el fondo sé que no va a pasar. Por lo visto, han dejado algo más que una nota. Advierto un destello en el suelo. Entorno los ojos para intentar adivinar qué es, pero refleja la luz del sol y es imposible saber de qué se trata.

—Después de todo, supongo que voy a tener que bajar —le digo al enrejado, que emite unos gruñidos y quejidos en cuanto nota mi peso.

A los pies del enrejado, enredada entre las ramas secas de un arbusto, hay una cadena de oro fina y delicada, con un colgante en forma de manzana.

Es una pulsera. Y ya la he visto antes.

Se me revuelve el estómago. Y me viene un recuerdo a la mente, el recuerdo de otra manzana, una manzana de bronce que baila en una fuente, justo en el centro de la plaza. Danza y cabriola alrededor de la fotografía de una Lucy Yi sonriente que luce, en su muñeca izquierda, una pulsera con una manzana dorada colgando. La pulsera es idéntica a la que ahora mismo tengo entre las manos.

Le doy la vuelta a la pulsera y entonces me doy cuenta de que, en el reverso, hay una inscripción:

CLUB DE JÓVENES INVENTORES MANZANA DORADA

Miro a ambos lados de la calle, pero no sirve de nada porque sea quien sea que me ha dejado la pulsera y la nota ya se ha marchado.

—No andas muy lejos, ¿verdad? —murmuro, y entonces miro directamente al otro lado de la calle, a la casa de los Peterson—. Algo me dice que ahora, en este preciso instante, me estás observando y vigilando.

CAPÍTULO 10

Solo tengo un traje, que ya es uno más de lo que cualquier persona debería tener. La tela de la camisa es demasiado rígida y el cuello me provoca un picor insoportable. Los pantalones son de tiro alto, idénticos a los que solía llevar mi abuelo en sus tiempos mozos y creo que, si lo intentase, podría subírmelos hasta la axila. Y, por si todo eso fuera poco, las suelas de los zapatos son tan resbaladizas que creo que podría ir patinando hasta el siguiente pueblo si me lo propusiera. Pero es que, además, el dichoso traje me queda fatal. He crecido un palmo desde la última vez que mis padres lo mandaron a arreglar y, a pesar de que me lo he puesto en diversas ocasiones y eventos, siempre será un traje de funeral porque es lo que me puse cuando mi abuela falleció.

—Cinco minutos, Narf —advierte papá desde el otro lado de la puerta de mi habitación. Escucho sus pasos con atención. Avanza por el pasillo y se acerca a mamá que, como siempre, está preocupada por pequeñeces insignificantes.

—Ven, deja que te ayude —dice mamá.

—Está bien, Lu.

—Te has saltado tres trabillas del pantalón —regaña mamá.

—Estoy tratando de acelerar mi huida cuando llegue el momento —responde él.

—Cariño, intenta actuar como un ser humano normal y corriente, por favor. Solo serán tres horas. ¿Harás eso por mí?

Son mis compañeros de trabajo —le ruega mamá y, aunque no lo veo, sé que papá está mirando el suelo y asintiendo con la cabeza. Esa aura de culpabilidad se arrastra hasta mi cuarto y yo también agacho la cabeza, aunque no puedan verme. Tenemos que comportarnos por mamá. Eso es lo único que debemos hacer.

* * *

Es más que evidente que Raven Brooks es una ciudad que se siente orgullosa, muy orgullosa, de su universidad. Los edificios principales, de ladrillo rojo, son bastante antiguos, pero acaban de pintar todas las molduras y todos los árboles y arbustos están podados. La verdad es que los jardines están resplandecientes.

El objetivo principal de la recaudación de fondos de esta noche es construir una nueva y moderna ala de ciencias pero, por desgracia, el evento no se celebra en ningún salón o aula del ala de ciencias actual. Supongo que los encargados de organizar tan esperada velada imaginaron que los frascos con corazones de animales encurtidos y los botes de colirios de emergencia no eran la decoración más adecuada para una gala de esas características. Estoy un poco decepcionado, la verdad. Tenía la esperanza de poder escabullirme hasta la biblioteca y así poder leer el resto del artículo que robé.

El acto se celebra en la biblioteca principal, la obra maestra de la universidad, y es más que evidente de por qué. Sus elaboradas esculturas y estanterías, todas alineadas con una exactitud perfecta y una meticulosidad impresionante, son elegantes y majestuosas. Las copas de cristal y las servilletas, de tela y de un blanco níveo impecable, le dan un toque de formalidad al acto. Ahora entiendo por qué mi madre me ha obligado a ponerme el traje, a pesar de que necesitaría una talla más.

Mamá está al otro lado de la sala. Para la ocasión, ha elegido el vestido púrpura que tanto le gusta a papá porque la hace sentir segura de sí misma. Dice que le disimula los michelines y entonces papá aprovecha para decir que le gustan sus michelines y entonces es cuando suelo irme de la habitación por miedo a echar la pota ahí mismo.

Pero esta noche mamá no parece muy preocupada por sus michelines. De hecho, no parece en absoluto preocupada. Destila seguridad, como si fuese el ama y señora de aquel salón. Echo un vistazo a mi alrededor y veo a papá; está en una esquina, tratando de pinchar una bola de queso de cabra con el tenedor y riéndose de las bromas que le gasta uno de los contribuyentes que mamá le ha asignado para ganárselo.

ARCHIVO:
MICROFICHAS
CON REFERENCIAS
PERIODÍSTICAS

Me he hartado de bolas de queso de cabra y refresco de uva y he peinado todas las estanterías, sin éxito alguno, buscando algún libro que no me indujese un coma profundo. Así que, para matar el tiempo, decido ir al cuarto de baño, otra vez. Y entonces veo un cartel con una flecha que señala la planta baja, donde se almacenan todos los archivos.

Asomo la cabeza al salón para asegurarme de que mis padres siguen charlando con los contribuyentes antes de escabullirme hacia el sótano.

La biblioteca de ciencias apenas tenía información o archivos de la ciudad, pero espero que la biblioteca principal me ofrezca algo más. Con mis padres distraídos, a lo mejor esta vez sí tengo la oportunidad de leer todo el artículo, de principio a fin.

Las estanterías están repletas de periódicos de hace más de veinte años, cuando el *Raven Brooks Banner* todavía no era un periódico como Dios manda, sino un boletín informativo. Repaso los titulares y descubro que la señora Bevel, la propietaria de la espeluznante tienda de muñecas, es toda una institución en el arte de diseñar y crear muñecas y que, de hecho, tiene un título universitario que la acredita como tal. No tenía ni la más remota idea de que existía tal carrera universitaria. También me entero de que la calle donde vivo fue una de las primeras que se asfaltaron en Raven Brooks, y que en «nuestra» casa turquesa vivió una actriz de Hollywood que ahora se dedica a doblar a actrices famosas en escenas peligrosas y arriesgadas. La señora Tillman tuvo que retirar una remesa entera de barritas de chocolate Surviva, las que hacen que Aaron y yo nos convirtamos en máquinas de tirarse pedos, porque el fabricante encontró una rata muerta en la cuba de chocolate fundido. El antiguo alcalde de Raven Brooks fue acusado de haber mentido durante su mandato legislativo. Y, tal y como sospechaba, la granja de llamas solía ser una granja de cabras.

En resumen, Raven Brooks siempre ha sido, y continúa siendo, un pueblo aburrido y peculiar.

Cuando el boletín se convirtió en el *Raven Brooks Banner*, las noticias fueron perdiendo interés. Las noticias que copaban los titulares eran de lo más mundanas: tiendas que abrían sus puertas, negocios que cerraban las suyas, las inclemencias del tiempo. Pero todo eso cambió con la llegada de la fábrica

Manzana Dorada. De la noche a la mañana, Raven Brooks se transformó en un bullicio de actividad frenética. A las afueras, donde antes solo había prados y granjas, se empezaron a construir casas para así satisfacer las necesidades de los trabajadores y sus familias. El pueblo creció una barbaridad, y todo gracias a la popularidad de Manzana Dorada, que, al principio, no era más que un caramelo local.

«¿Quién habría imaginado que un producto modesto y local se convertiría en una obsesión nacional?», narraba hace cinco años uno de los altos ejecutivos de la compañía.

«Mis favoritas son las de chocolate», declaraba un niño en el mismo artículo. En la fotografía aparecía un crío con toda la boca manchada de chocolate.

La popularidad de la fábrica se expandió como la pólvora y en muy poco tiempo empezaron a ofrecer visitas guiadas. Se inauguraron varias exposiciones interactivas para atraer a pueblos y ciudades vecinas e incluso se construyó un hotel en la avenida principal. Cuando se anunció la gran noticia, que la situó justo ahí, en Raven Brooks, donde empezó todo, los vecinos se alegraron muchísimo y lo celebraron por todo lo alto.

Cada semana se publicaba al menos un artículo para presumir del progreso y la evolución del parque. Sigo leyendo con una fascinación casi macabra. No puedo evitarlo. Es como cuando las revistas publican fotografías de Pompeya congelada en el tiempo, con sus casitas y mercados y peatones, todavía ajenos a que sus vidas iban a terminar de forma repentina e inesperada.

Voy pasando página tras página y voy viendo la evolución del parque. Me da la impresión de que, durante dos años, no hubo ninguna otra noticia que esa.

Llego a una página de un periódico del 14 de septiembre de 1991. En la fotografía se ve a un grupo de personas desembalando un carrusel nuevo y brillante. La purpurina y los colores vívidos de los caballos y carruajes destacan entre el paisaje; el bosque todavía no se ha limpiado y solo se percibe el marrón y el verde de los árboles. Dejo el periódico a un lado y me dispongo a revisar otro de la siguiente semana. Como era de esperar, hay otro artículo sobre el Parque de atracciones Manzana Dorada; en esta ocasión, muestran la entrada principal. Hay al menos doce trabajadores, todos ataviados con su chaleco y casco de seguridad, arrastrando un cartel gigantesco. Una semana más tarde, en la imagen de la portada se ve una mezcladora de hormigón, pero esta vez hay varios niños apiñados alrededor. Los cascos de seguridad son demasiado grandes para sus cabecitas y les ensombrecen los rasgos. Sigo avanzando. El artículo de la siguiente semana narra el momento en que se descorrió una lona decorada con manzanas doradas. Al evento acudieron un montón de hombres y mujeres vestidos con trajes que sonrieron de oreja a oreja al ver el diseño.

Y, por fin, llego a la semana del 7 de agosto de 1992. En el titular, escrito en letras mayúsculas gigantescas, se puede leer: «EL PARQUE DE ATRACCIONES MANZANA DORADA ABRE SUS PUERTAS». Una multitud de empresarios trajeados y paletas vestidos con monos de trabajo y fotógrafos con chalecos amarillo fosforito y terratenientes locales, todos uniformados con camisas a rayas rojas y doradas, se apiña frente a la entrada del parque. Cada uno de ellos sostiene una manzana dorada en la mano. Y todos dibujan una amplia y resplandeciente sonrisa al imaginar el éxito que traerá el parque a la ciudad.

Tan solo hay una persona entre esa muchedumbre que no

sostiene una manzana dorada, sino unas gigantescas tijeras doradas y un lazo de raso rojo. El tipo en cuestión luce un traje negro y una corbata dorada y roja. Pese a no llevar su ya inconfundible jersey a rombos, lo reconozco enseguida.

El señor Peterson.

Pero lo que me revuelve las tripas no es haberlo visto ahí, sino el pie de la fotografía.

«Parque diseñado por el ingeniero local Theodore Masters Peterson.» Lo leo y lo releo hasta cinco veces para estar seguro, pero incluso sin el pie de foto sé que no me estoy confundiendo. Es la cara y el bigote del padre de Aaron.

El periódico de la siguiente semana está dedicado íntegramente al prestigioso y famoso Parque de atracciones Manzana Dorada. El artículo principal describe el éxito de la inauguración y para las páginas centrales han diseñado un *collage* de

padres sonrientes y niños eufóricos que sujetan un globo en una mano y una montaña de algodón de azúcar en la otra.

Sobre el título aparece el retrato de un señor Peterson elegante y sofisticado; se ha arreglado el bigote, enroscando las puntas. Sí, realmente parece un diseñador de parques de atracciones.

El señor Peterson era, y sigue siendo, una especie de genio. Una lumbrera de la física capaz de idear y construir algunas de las atracciones más innovadoras del mundo usando la tecnología de última generación y los artilugios más punteros en cada uno de los parques que diseñaba. Por ejemplo, creó un sistema de entrega de comida a propulsión en el Parque Alberta Avalancha.

«Vuela a través de un tubo, es el mismo sistema que utilizan los cajeros del banco, ¡es increíble!», comentaba uno de los asistentes, maravillado.

Y en Tokio, en el Bosquecillo de los Cerezos en Flor, los vendedores eran robots.

«¡No tenía que hacer horas de cola para comprar un mísero llavero!», explicaba un fanático de los parques de atracciones que no se perdía ninguna inauguración.

Y, a medida que iba creciendo su reputación como ingeniero, también lo hacía su ambición por innovar, por diseñar parques más modernos y flamantes. Sin embargo, en lugar de tratar de ofrecer innovaciones empresariales a sus clientes, parece ser que al señor Peterson le interesaban más las atracciones.

Y cuando le ofrecieron encargarse del diseño y construcción del Parque Spaß Spannend de Berlín, no dejó escapar la oportunidad. Fue el primer ingeniero en idear una atracción con efecto bumerán que estaba en constante movimiento. Los operadores de la atracción admitieron que solo podía pararse con un interruptor que estaba en una consola escondida.

«¡Creía que iba a vomitar!», aseguraba uno de los pocos que

se había atrevido a subir a la atracción. Sin embargo, la fotografía que acompañaba el artículo mostraba a un chico cuya sonrisa dejaba entrever una pizca de pánico.

Por último, el Parque de atracciones Manzana Dorada, su gran desafío, la guinda del pastel, la obra que lo coronaría como el ingeniero de atracciones más emocionantes del mundo entero.

Todo el mundo esperaba que fuese espectacular.

Y el artículo así lo confirma: «Por fin ha llegado el día que todos esperábamos, el día de la inauguración de un parque que, según apuntan los expertos, no tiene precedentes. Estamos ansiosos por descubrir qué as se habrá guardado bajo la manga el señor Peterson esta vez, y qué sorpresa nos tiene preparada».

«Sintiéndolo mucho, creo que tendréis que esperar hasta la semana que viene para saberlo —bromeaba el señor Peterson—. Sin embargo, os daré una pista. ¿No os habéis dado cuenta de que en este parque no hay una montaña rusa?»

El artículo termina con una referencia a una zona prohibida del parque, a una lona de varios metros de altura y a una impresionante atracción que, sin lugar a dudas, hará famosa a la ciudad de Raven Brooks.

Cierro el periódico, lo doblo y lo incrusto entre las pilas y pilas de diarios. El artículo me ha dejado un poco trastornado. Nadie se imaginaba la tragedia que se avecinaba. Me entran ganas de gritarle al reportero, a los patrocinadores con sonrisas de oreja a oreja y al señor Peterson, que mira el objetivo de la cámara con regocijo e imprudencia. Fue él quien provocó esa tragedia inesperada.

—Oh, ahí estás. ¡Jay, ya lo he encontrado!

Mamá baja las escaleras a toda prisa. Parece enfadada, pero también aliviada.

Actúo rápido, de forma impulsiva y sin pensar; arranco los primeros artículos de los periódicos de las semanas siguientes, los arrugo formando una bola y me los guardo en el bolsillo. Y aprovecho los últimos segundos para dejar la pila de periódicos en su sitio.

—Me has hecho sudar la gota gorda y llevo mi vestido favorito —protesta, y se sienta junto a la pila de periódicos que he revisado.

—Estaba aburrido —digo a modo de disculpa. Eso es lo que me gusta de mamá, que no me avasalla a preguntas y se conforma con la explicación que le doy.

—¿Qué es todo esto? —pregunta, refiriéndose a ese caos de diarios.

—No lo sé —respondo, y, aunque parezca una mentira, creo que es lo más sincero y honesto que le he dicho a mi madre en varias semanas.

Acerca las fotografías a la luz y frunce el ceño, afligida. Y después, en lugar de lamentarse por lo ocurrido y por cómo la tragedia pilló por sorpresa a toda la ciudad, me mira y dice:

—Creo que esta ha sido la mudanza más difícil hasta la fecha.

Y ahí, bajo el tenue resplandor del sótano de la biblioteca y con su vestido púrpura, y con las axilas empapadas en sudor, mamá se convierte en mi nueva persona favorita del mundo mundial. Es la primera vez que se ha atrevido a decir en voz alta algo que a mí también me inquieta y me perturba; llevamos demasiadas mudanzas a nuestras espaldas y hemos considerado tantas casas nuestro nuevo «hogar» que la palabra ha quedado diluida. Y, por lo visto, la situación tampoco la satisface.

Y justo cuando mamá y yo nos levantamos, papá baja las escaleras.

—Hola, Narf —saluda. No ha oído ni una sola palabra de lo que mamá acaba de decir, pero creo que lo intuye porque se acerca con la cabeza gacha, como si quisiera pedirnos perdón por algo. Papá es un tipo inteligente, sin duda.

—Te he robado un trozo de tarta de queso solo para ti.

Me como la tarta en el coche, mientras papá y mamá repasan las anécdotas de la noche y se ríen de lo aburridísimos que eran los asistentes y contribuyentes. Miro por la ventana y observo las calles de la pequeña ciudad de Raven Brooks. Creo que, para todos los vecinos, la definición de «hogar» cambió ese fatídico día, justo una semana después de que el parque abriera sus puertas. Me pregunto cuántas personas han pasado página y han seguido con sus vidas como si no

hubiera ocurrido absolutamente nada. Me pregunto a quién la muerte de Lucy Yi no le cambió la vida para siempre.

Me pregunto si Aaron piensa que el culpable de la terrible tragedia fue su padre.

Lo primero que hago al entrar en casa es quitarme el traje, casi sin desabotonar la chaqueta ni la camisa, y ponerme el pijama pero, una vez más, no logro conciliar el sueño; tengo muchísimo que leer.

Saco las bolas de papel de los bolsillos del pantalón e intento estirar las páginas sobre el suelo de mi habitación.

El primer artículo es la crónica que se publicó después de la tragedia. En ella aparece un retrato del señor Peterson, solo que, en esta ocasión, el bigote, que siempre lucía perfecto e impecable, se ve un poco más... puntiagudo. Pero la fotografía no es lo más perturbador de la crónica del *Raven Brooks Banner*.

Lo que comenzó como una vigilia de respeto y plegaria por Lucy Yi, la niña de siete años que perdió la vida en la temeraria montaña rusa Corazón Podrido del Parque de atracciones Manzana Dorada, terminó en un inmenso incendio que devastó la ya infame atracción. Ahora, los investigadores que se encargan del caso están tratando de descubrir por qué se inauguró la montaña rusa si todavía no había pasado ciertas inspecciones de seguridad y así arrojar algo de luz al turbio asunto. Pero eso no es todo, los inversores están furiosos porque, por lo visto, se han enterado de una serie de inquietantes detalles sobre el responsable del diseño del parque, el señor Peterson.

Alguien llama a la puerta y doy un respingo. Estaba absorto leyendo la crónica. Deslizo el trozo de papel debajo de la cama y, en ese preciso instante, papá asoma la cabeza para desearme buenas noches.

—¿Qué te ha parecido la tarta de queso? Estaba buenísima, ¿a que sí? —dice, arqueando las cejas.

—Para chuparse los dedos —respondo, aunque no recuerdo haberla probado.

—¿Has encontrado algo interesante en la biblioteca?

«Sí.»

—No —digo, y me encojo de hombros.

—¿Prefieres estar solo? —pregunta, y esboza una tímida sonrisa.

—La verdad es que sí.

—¿Quieres que me vaya a la cama y te deje en paz? —insiste.

—Bueno…

—¿No sabes cómo decirme educadamente que me largue de tu cuarto?

—¡Papá!

Ha ganado y me ha sacado de mis casillas. Se echa a reír.

—Buenas noches, Narf.

No me atrevo a sacar el papel arrugado de debajo de la cama hasta oír que mis padres cierran la puerta de su habitación. Entonces, suelto un suspiro de alivio y retomo la tarea.

Una nueva investigación ha puesto en entredicho la reputación del famoso ingeniero, sobre todo después de que varios periodistas destaparan algunos detalles escabrosos de un accidente que ocurrió en uno de los parques que él mismo había ideado, diseñado y construido. Sucedió en 1987, en Melbourne, Australia. Lo que en un principio se creyó que se trataba de un incendio eléctrico provocado por un cable defectuoso en los Túneles de Tasmania del País de los Ualabíes resultó ser, en realidad, un accidente causado por un fallo en el freno de seguridad de la atracción. Un vagón vacío salió propulsado de los raíles, saltó por los aires y escupió una chispa que, por desgracia, generó un incendio que acabó con la vida de cuatro adolescentes de entre trece y diecisiete años.

Aunque señalaron a los inversores como responsables legales de la catástrofe, el hallazgo provocó mucha controversia, pues todavía no se han resuelto varias cuestiones relacionadas con las inspecciones de seguridad del parque que, al parecer, no pasó antes de abrir sus puertas al gran público.

Un inspector declaró: «Hasta donde yo sé, nadie de mi equipo revisó esa atracción. Es imposible que pasara los controles de seguridad sin un freno de emergencia».

El inspector fue acosado por muchos objetores, varios de ellos inversores acusados de intentar evadir su parte de culpa y responsabilidad. Pero uno de los inversores en particular interpuso una demanda bastante peculiar contra T. M. Peterson, el ingeniero y cerebro del parque: «Un día estuvimos charlando largo y tendido sobre ingeniería. Me comentó que las limitaciones de la mecánica le frustraban y que las medidas de seguridad solo servían para menguar la emoción. Me aseguró que los frenos de emergencia entorpecen la velocidad de cualquier atracción. ¡El tipo mencionó los frenos de emergencia!».

Sin embargo, gracias a la falta de pruebas, y a que la tragedia había ocurrido en la otra punta del planeta, el ingeniero de Raven Brooks continuó con su trabajo, desarrollando y llevando a cabo prácticas que muchos consideran inseguras, y probablemente ilegales, en los diseños de sus parques de atracciones, diseños que provocaron la violenta y repentina muerte de la pobre Lucy Yi.

La otra portada que sustraje de los archivos de la biblioteca, con fecha de dos semanas después del accidente, evita mencionar el nombre de T. M. Peterson. Describe la vida de Lucy Yi y narra lo mucho que quería a su hámster Gerard y lo bien que tocaba el violín y su gran sueño, convertirse en una inventora de talla mundial, como Leonardo da Vinci.

La fotografía que aparece al final del artículo muesta a la pequeña Lucy, con el flequillo recortado a la perfección y con una sonrisa de oreja a oreja. Pero no está sola, sino junto a otras dos niñas que también sonríen. Tienen los brazos entrelazados, como si fuesen hermanas. Casi me da un infarto al darme cuenta de que reconozco a la niña que está junto a Lucy.

Es Mya Peterson.

Y, como hermanas, las tres crías de la fotografía lucen una pulsera idéntica, con un colgante en forma de manzana. En el pie de foto se lee: «Mya, Lucy y Maritza, miembros del Club de jóvenes inventores Manzana Dorada». Busco la pulsera que encontré enredada entre los arbustos del cajón del escritorio y la acerco a la fotografía. Es una copia perfecta.

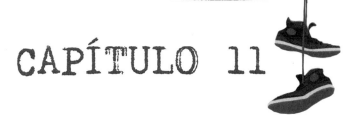

CAPÍTULO 11

Meto un par de pijamas en la mochila y decido dejar el cepillo de dientes para tener espacio suficiente para el manipulador de sonido. El proyecto está terminado, y ahora lo único que necesitamos es añadir el archivo de audio pregrabado. Echo un último vistazo para comprobar que llevo conmigo todo lo que necesito. Sí, no me falta nada.

Bajo las escaleras y me calzo las zapatillas. Mamá y papá me observan con atención.

—¿Estás nervioso? ¿Contento? ¡Te espera una gran aventura! —dice papá.

—Papá, por favor —murmullo, con una mueca.

—Oh, lo siento. Se me había olvidado que ya eres todo un adulto y que esta noche no va a ser tan distinta a las demás. Me apuesto el cuello a que no vais a pegar ojo en toda la noche.

—Para, por favor. Lo estás empeorando.

—Tan solo acuérdate de lavarte los dientes —dice mamá, y juro por los Alienígenas que es capaz de ver a través de mi mochila y saber que no he metido ahí el dichoso cepillo de dientes.

—Ajá.

—Y da las gracias —añade. Todavía está un poco molesta porque los Peterson no se han dignado a pasarse por casa y presentarse como Dios manda pero, para ella, las palabras «por favor» y «gracias» son sagradas.

—Lo haré —prometo.

—Y resuelve los misterios del universo —dice papá, y mamá le lanza una mirada fulminante—. ¿Qué pasa?

—¿Estás insinuando que los buenos modales y la higiene personal son exigencias imposibles para nuestro hijo?

—Lu, tiene doce años. Creo que ni siquiera se le puede considerar un ser humano.

El ambiente se está enrareciendo, así que decido poner punto y final a la conversación antes de que sea demasiado tarde.

—Daré las gracias —le aseguro a mamá, y ella esboza una sonrisa orgullosa, como si hubiese ganado esa batalla—. Y reflexionaré sobre el significado de la vida —le aseguro a papá, que me guiña el ojo y levanta los pulgares.

Estoy a punto de cruzar la calle. Reflexiono, pero no sobre el significado de la vida. No sé cómo diablos voy a encontrar el momento propicio y las palabras apropiadas para preguntarle a Aaron sobre todo lo que he leído en los periódicos en relación al Parque de atracciones Manzana Dorada, a su padre y a Mya. Llevo varias horas dándole vueltas y todavía no sé cómo voy a hacerlo. Pero sé que lo haré porque la curiosidad me está matando.

* * *

La señora Peterson se arrastra hasta la habitación con un sigilo y una discreción impresionantes, como si llevara patines. No la oigo hasta que la tengo justo detrás. Casi me da un infarto cuando me giro y la veo ahí, con una pila de sábanas sobre los brazos. No pretendía dar un brinco, pero es que me ha pillado desprevenido y por sorpresa.

—Uau. Sé que he olvidado pintarme los labios hoy, pero ¿en serio doy tanto miedo?

—No, no, en absoluto. Es solo que…

—Nicky, era una broma, cielo. Es que apenas hago ruido cuando camino.

—Mamá es maestra, pero cuando iba a la universidad era una bailarina excepcional —dice Mya, que está tumbada en la cama de Aaron—. Incluso bailó en la inauguración de uno de los parques de papá.

—Nadie te ha invitado, paria —dice Aaron, y la empuja a patadas para echarla de la cama.

—Gracias, señora Peterson —murmuro, y le cojo las sábanas y mantas.

—¿Hum? —pregunta, distraída—. Oh, puedes llamarme Diane, cielo —dice, y entonces me mira fijamente durante varios segundos, aunque se me hacen eternos, y me alborota el pelo.

—Ya te he dicho que dejes de llamarme así —protesta Mya, y le aparta el pie a Aaron de un manotazo—. ¡Auch! ¡Tus uñas son como cuchillos!

—Mya la paria come pedos y papaya —canta Aaron, sin dejar de patearla.

—¡Mamá!

La señora Peterson, Diane, extiende las sábanas sobre la litera.

—Deja de llamar paria a tu hermana —le reprende, aunque es más que evidente que sigue absorta en sus pensamientos. Está tarareando una cancioncita en voz baja, tal vez para apaciguar a las fieras y evitar que la pelea entre Aaron y su hermana vaya a más.

—Déjame pensar... Si comes pedos, ¿también eructas pedos? ¿Por eso hueles tan mal?

Mya se pone roja y me mira, avergonzada.

—¡No huelo mal! ¡Mamá!

Pero Diane ya se ha dado la vuelta y parece dispuesta a irse. Sin embargo, avanza muy despacio, como si hubiera olvidado dónde está la puerta. Y, de golpe y porrazo, Aaron y Mya dejan de discutir y un repentino silencio se instala en la habitación. En esa quietud tan callada, oigo la melodía que la señora Peterson estaba tarareando para sí. Solo que ahora la murmura, como si temiera ahuyentar el recuerdo que relaciona con la canción.

Mya la sigue. Cada vez está más roja. De hecho, está tan roja que parece que vaya a explotar. Y justo antes de irse, le asesta un fuerte puñetazo en el brazo a Aaron. La observo con detenimiento. Desde que vi esa fotografía de las tres niñas, es decir, de Lucy, Mya y una tercera amiga, con la pulsera de la manzana dorada en el periódico, me he estrujado los sesos en un intento de comprender cómo pudo llegar esa misma pulsera a mi jardín. Y, para ser sincero, no he logrado dar con una explicación lógica, aunque tengo el presentimiento de que Mya sí la tiene, lo que significa que probablemente nunca la tendré. Mya es mucho más reservada que Aaron, que ya es decir.

En cuanto Mya llega al final del pasillo, Aaron cierra de un portazo y me hace señas para que me acerque al escritorio. Abre un cajón y, en lugar de sacar algo, mete la mano hasta el hombro, como si estuviera palpando el fondo. Echo una ojeada al escritorio y no tardo en darme cuenta de que lo que tengo delante de mis narices es imposible. El mueble está arrimado a la pared y no puede desplazarse más de cincuenta centímetros.

—Pero ¿qué puñetas…?

Aaron dibuja una sonrisa mientras se esfuerza por coger lo que sea que esconde en su escritorio mágico. Pero es demasiado impaciente y al final opta por tirar la toalla y sacar el cajón entero.

Los dos nos agachamos y entonces lo entiendo todo. Hay un agujero en la pared. El cajón tiene un fondo falso.

—Ahora ya no tengo ninguna duda. Eres un genio, además de un criminal —digo, y Aaron se ríe por lo bajo. Unos segundos después saca el tesoro que guarda ahí.

Se trata de una caja llena de la mejor basura que uno podría imaginar: motores desmontados y coches teledirigidos, partes de una vieja tostadora, el cable de un altavoz, cepos y candados, llaves sueltas, un teclado hecho polvo, un teléfono sin pantalla y tres calculadoras rotas como mínimo.

Es un premio increíble para un loco de los artilugios y aparatejos tecnológicos.

—Por los sagrados Alienígenas, Aaron —digo, y él sonríe como jamás le había visto sonreír. Intuyo que es orgullo. Sí, es una sonrisa de orgullo. De bicho raro a bicho raro, sé lo escurridizo y evasivo que es el orgullo para nosotros.

—Son cosillas que fui recogiendo de la fábrica, antes de que te mudaras. Quería hacer algo con toda esta chatarra, pero no sabía cómo hacerlo —explica, y me mira—. ¿Crees que podrías utilizar algo de esto para tu sintetizador de sonido?

—¡El sintetizador! —exclamo. No puedo creer que me haya olvidado de él.

Cojo la mochila y saco el producto acabado. A Aaron se le iluminan los ojos, pero ese brillo enseguida se apaga. Tal vez quería ayudarme a dar los últimos retoques a mi invento.

—Todavía no está listo —me apresuro a decir, lo que parece tranquilizar un poco a Aaron.

—¿No?

Sacudo la cabeza y trato de pensar una explicación.

—Nos falta la grabación.

Y entonces sonríe tanto que temo que se le vaya a partir la cara por la mitad.

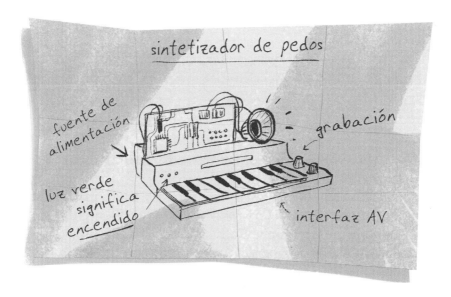

Una hora más tarde, con la panza tan llena de barritas Surviva que creo que vamos a reventar, la situación es totalmente caótica. Me estoy desternillando de risa y no soy capaz de sostener el micrófono junto a la, eh, fuente de sonido. Cada vez que Aaron suelta un pedo, los dos nos caemos de culo, rodamos por el suelo y nos quedamos boca arriba, moviendo las piernas y los brazos como cucarachas.

Tengo que hacer un esfuerzo casi hercúleo para recuperar la compostura, poner mi cara más seria y adusta y apoyar una mano sobre el hombro de Aaron.

—Ya está bien, señor —digo, tratando de sonar como un caballero del siglo pasado—. Me atrevería a decir que este ha sido su mejor trabajo hasta la fecha.

Él imita mi seriedad fingida, pero apenas dura unos segundos. Después, los dos nos echamos a reír a carcajada limpia.

—Chicos —llama la señora Peterson, y se asoma por el marco de la puerta—. ¿Tenéis pensado bajar a cenar pizza en algún momento de la noche o...? Por el amor de Dios, ¿qué es esa peste?

Me río con tanta fuerza que hasta me duelen las costillas. Aaron se seca las lágrimas de los ojos.

—Lo siento, mamá —dice—. Estábamos, eh...

—Haciendo un experimento —termino.

—Creando arte —dice, subiendo el tono de voz. Y, una vez más, los dos no aguantamos más la risa hasta que al final explotamos.

—En fin, sea lo que sea que estéis haciendo, abrid la ventana, por favor —ruega la señora Peterson—. Es casi tóxico.

Aaron se tira un pedo, esta vez sin querer, y tengo que enterrar la cara en el colchón de la litera para evitar morir de risa, o ahogado. Cualquiera de las dos opciones es más que probable.

Cuando por fin conseguimos calmarnos lo suficiente como para elegir los mejores y más impresionantes pedos de Aaron para el sintetizador, nos encontramos que, de repente, no tenemos nada que hacer. Es tarde, pero ninguno de los dos estamos cansados para irnos a dormir. Aun así, ya sea por costumbre o por aburrimiento, nos ponemos el pijama y nos metemos en la cama. Como estamos en su casa, Aaron tiene preferencia y, como era de esperar, elige la litera de arriba, así que no me queda más remedio que tumbarme en la de abajo, mirando los listones de madera del somier superior.

No es el momento más adecuado, porque no hay momento adecuado para sacar un tema de conversación tan peliagudo como ese, pero me resulta mucho más fácil hablarle de su padre desde ahí, con la mirada clavada en un colchón y no en sus ojos.

—Lo siento, pero tengo que preguntártelo —digo, como si nada.

—No, no creo en los extraterrestres —comenta Aaron, sin esperar a oír la pregunta.

—Espera, ¿qué?

—No te cabrees, tío. Sé que es tu... yo qué sé, tu religión o algo así —prosigue.

—No es mi religión —replico, y cojo aire. Intento ignorar mi sorpresa y asombro (en serio, ¿cómo es posible que no crea en los extraterrestres? Las pruebas son irrefutables) y pruebo de poner sobre la mesa el tema de conversación más rocambolesco del mundo—. A ver, ¿qué le pasa a tu padre?

El silencio que se crea es casi doloroso. Ha sido culpa mía, y solo mía. Creo que no me equivoco al asegurar que ha sido un cambio de tema de conversación brusco y repentino.

—¿A qué te refieres? —murmura Aaron, pero esa no es la pregunta que le está rondando por la cabeza, sino más bien: «¿Cuánto sabes?».

—No sé, es bastante... intenso... —empiezo.

Ostras, esto es horroroso. A este paso, tardaré una semana

en reunir el valor y el coraje necesarios para preguntarle lo que realmente quiero: qué opina sobre su padre y si realmente tiene sospechas de que diseña y construye atracciones inseguras a propósito. Puf, la idea en sí es bastante absurda, la verdad. Sin embargo, no puedo echarme atrás ahora y tengo la corazonada de que Aaron quiere que le haga la pregunta de una vez por todas. ¿Por qué sino me había llevado «por error» al Parque de atracciones Manzana Dorada?

Aaron se revuelve en su litera; me quedo quieto como una estatua porque no quiero perderme ni una sola palabra.

—No te andes con rodeos y pregúntame lo que quieras —dice y, de repente, suena cansado, como si hiciera años que no duerme. Ahí está, el viejo Aaron, el chico con el que solía matar las tardes al principio. Parece un anciano, un vejestorio que carga con un peso invisible sobre sus hombros.

Ha envejecido por mi culpa. He desenterrado su pasado, un pasado que prefiere obviar, tal vez olvidar.

—¿Por qué me llevaste al parque? —le pregunto. Pero el silencio es tan largo que, por un momento, pienso que quizá ha decidido dejar de hablarme en lo que queda de noche.

Y tras lo que a mí me parece una eternidad, dice:

—Era un genio. Y me refiero a un genio de verdad. Creo que estaría al mismo nivel que Einstein.

Prefiero no decir nada porque ya lo imaginaba y también porque, ahora que por fin ha arrancado, no quiero interrumpirle.

—No me alegro de la muerte de Lucy Yi —dice; el comentario me deja boquiabierto pero, por suerte, no puede verme. ¿Quién podría alegrarse de una tragedia como esa? Y entonces recuerdo algo que me dijo en esa misma habitación, una confesión, aunque en ese momento no lo sabía.

«¿Y qué hace que una persona sea mezquina, entonces?»

«Alegrarte cuando ocurren desgracias o cosas malas.»

—Pero después de eso, paró —dice Aaron, y ahora por fin lo entiendo.

El accidente que mató a Lucy también mató la carrera profesional del señor Peterson, una carrera que iba creciendo de forma desmedida y temeraria.

Y después ya no musita una sola palabra más. Minutos después empiezo a oír un suave pero constante ronquido en la litera de arriba. Por lo visto el peso ha desaparecido, al menos por ahora. Pero no se ha esfumado por arte de magia; ahora lo noto sobre mis hombros. No sé si podré dormirme con la misma facilidad que Aaron.

Me quedo así, despierto y mirando los tablones del somier, durante lo que parece una eternidad. Me pregunto cuánto tiempo lleva Aaron culpabilizándose por sentirse aliviado.

Sí, aliviado por la muerte de Lucy Yi.

* * *

Cuando me despierto, la única luz que se percibe en la habitación es la luz de encendido del simulador de sonido. Aaron sigue en la litera de arriba. Sus ronquidos así lo confirman. Bien, sigue con vida. Intento recordar la última vez que dormí de esa forma tan profunda.

Es un sueño profundo, desde luego, pero no tranquilo. No deja de moverse y retorcerse y, si presto suficiente atención, entre ronquido y ronquido me parece oírle murmurar súplicas a los monstruos de sus pesadillas. «No» y «para» y «por favor».

Me quedo pensativo, tratando de averiguar qué me ha

despertado. Estaba en mitad de un sueño, pero esa vez no estaba en un carrito de un supermercado; de hecho, el escenario ni siquiera era un supermercado. El sueño de esa noche había empezado en un túnel. Se iba empequeñeciendo por momentos, volviéndose más estrecho, más angosto, con las paredes rozándome los hombros y la coronilla; en un momento dado tuve que agacharme para evitar que me aplastara. Y, de repente, había empezado a hundirme. Aparecía en las profundidades de un lugar oscuro y húmedo. La oscuridad era tan opaca que incluso dudaba que tuviera los ojos abiertos. Y, aunque no recuerdo mucho más del sueño, sí recuerdo la voz que había retumbado en esa cueva siniestra e infinita. Sí recuerdo las escalofriantes palabras que me había susurrado: «Encuéntrame».

Y en ese preciso instante me había despertado. Pero no había sido por la voz del sueño, sino por un sonido.

Igual que la voz de mi sueño, el sonido que me ha despertado ha enmudecido.

Tengo sed. Mucha sed.

Entre las barritas de chocolate Surviva y la pizza que finalmente nos zampamos a dos carrillos a altas horas de la madrugada, mi boca se ha convertido en un desierto. Aaron sigue retorciéndose, lo que provoca el crujido y gemido de los tablones de madera del somier. Sé que no voy a poder volver a conciliar el sueño a menos que beba algo.

De la pila de aparatos electrónicos abandonados que tiene Aaron en un rincón de la habitación veo una linterna que todavía funciona y la cojo. Me arrastro con sigilo por el pasillo e intento evitar los tablones de madera más antiguos porque sé que, bajo el peso de mi cuerpo, crujirán y me delatarán.

Sin embargo, la casa de Aaron es muy vieja y, pise donde pise, se oye un gemido, un chirrido. La puerta del cuarto de Mya está cerrada, pero la del señor y la señora Peterson está un pelín entreabierta. Paso por delante y advierto un embrollo de sábanas, mantas y edredones.

«Ve directo a la cocina, bebe un poco de agua y vuelve a la cama», me digo para mis adentros. Cuando vas a pasar la noche a casa de un amigo, no puedes campar a tus anchas a altas horas de la madrugada y menos si toda la familia está durmiendo plácida y profundamente. Cuando estás despierto, eres un invitado y se te permite ir como Pedro por su casa. Sin embargo, si todos duermen, te sientes como un intruso.

La idea de que el señor Peterson me confunda con un fisgón me asusta tanto que bajo las escaleras a toda prisa y, aunque soy consciente de que estoy haciendo demasiado ruido, me consuela pensar que ya ha pasado lo peor y que ya estoy en la planta baja.

Pero estaba equivocado. Lo peor todavía no ha pasado. Me acabo de dar cuenta de que me he perdido. Sostengo la linterna y me quedo pensativo unos instantes. Me cuesta creer que haya podido desorientarme cuando el camino es tan corto y, en teoría, tan sencillo. Pero así es, entre la escalera y la cocina he dado un paso en falso y he aparecido en otra parte de la casa. La puerta de la cocina debería estar delante de mis narices, ¿verdad? Sigo andando, como si me negara a creer lo que me muestra la luz de la linterna. Sin embargo, no hay ninguna puerta que conduzca a una cocina, sino una pared de hormigón. Miro a mi derecha y, como era de esperar, ahí no está el salón. De hecho, lo que tengo delante de mí es un pasillo larguísimo.

Me quedo petrificado unos instantes y, poco a poco, esas ideas siniestras se filtran de nuevo en mi mente. Trato de deshacerme de ellas y me repito, por tercera vez, que solo estoy cansado y sediento y que es la primera vez que veo esa casa de noche. «Que no cunda el pánico», pienso. Esa casa ya es como un laberinto a plena luz del día, así que debo de haberme equivocado en algún punto entre la habitación de Aaron y las escaleras.

Sigo caminando con la esperanza de encontrar la cocina unos pasos más adelante. Pero no es así. Aparezco en un lugar extraño, una especie de sala con un montón de puertas cerradas, cada una con un pomo y una cerradura distintos.

—¿Qué...?

Y justo cuando estoy a punto de darme la vuelta y desandar el camino para intentar llegar de nuevo a la escalera, oigo un ruido, un sonido que esperaba no volver a oír jamás en esa casa, la melodía del camión de los helados.

La música sube y baja de volumen constantemente y, de repente, enmudece, pero solo unos instantes, pues luego vuelve a empezar. Me deslizo por esa habitación lentamente y voy pegando la oreja en cada puerta, pero ninguna parece esconder el origen del sonido.

Y, de golpe y porrazo, la música deja de sonar. Espero unos instantes, pero lo único que percibo son los quejidos típicos de una casa vieja. He vivido en tantas casas distintas que esos sonidos inexplicables ya no me asustan. Pero esa melodía...

Un estruendo.

Me paro en seco. Agudizo el oído para ver si vuelvo a oírlo. No tengo que esperar mucho.

Otro ruido sordo.

Esta vez, ha sonado más cerca. Y esta vez, ha sonado seguido de un murmullo.

Un tercer estruendo.

No tardo en adivinar de qué se trata. Son pasos.

Son pasos de alguien que no camina con normalidad.

Trago saliva, pero sigo con la garganta reseca. Quiero dar media vuelta y salir disparado hacia las escaleras para volver a la habitación de Aaron, donde sé que estaré a salvo. El sonido sigue retumbando y dudo de dónde proviene. Me da la sensación de ser la víctima de una broma pesada; intento prestar atención al sonido: esos pisotones parecen acercarse a mí por la espalda. A lo mejor es el señor Peterson que, tal vez adormilado, está tratando de dar con el intruso que se ha colado en su casa a altas horas de la madrugada. O puede que sea Aaron, que deambula sonámbulo por su casa, ajeno a todo. O tal vez sea un intruso de verdad.

Ninguna de las posibilidades sirve para calmar mi acelerado corazón. ¿Por qué no he ido al baño de la primera planta a beber agua? Habría sido lo más fácil, desde luego.

Sea quien sea quien está merodeando por ese laberinto cada vez avanza más deprisa y, de repente, comprendo por qué las pisadas cada vez son más ensordecedoras: porque cada vez están más cerca. Me vuelvo para abrir la puerta que tengo a mis espaldas. No pierdo ni un segundo en tratar de averiguar de dónde diablos viene ese sonido. Lo único que quiero es esconderme hasta que desaparezca. Pero el pomo no gira. Pruebo otra puerta, pero también está cerrada. Los pasos se aproximan, pero no me rindo e intento abrir una tercera puerta. Por suerte, esta sí se abre, así que me lanzo como si fuese un salvavidas y la cierro, tal vez con demasiada fuerza.

Hago una mueca al oír el ruido y después me quedo inmóvil, rezando para que las pisadas pasen de largo.

Y, de repente, dejo de oírlas. Aplasto la oreja sobre la puerta, pero no oigo absolutamente nada. Ni música. Ni pasos. Ni chasquidos. Ni crujidos en las paredes o en las tuberías.

La linterna alumbra una zona del suelo. Echo un vistazo y descubro que estoy sobre una alfombra desgastada, la clase de alfombras que sueles encontrar en el salón de una anciana forrada de pasta. Tal vez fue bonita hace tiempo, pero ahora esta raída y sucia, como si escondiera algo asqueroso y mugriento debajo.

Ilumino el resto de la estancia y veo que está abarrotada de muebles. De hecho, está tan llena que ni siquiera advierto las paredes. Hay escritorios y estanterías, cajas de vidrio que protegen unas placas con marco de madera y estatuillas talladas en cristal. Me acerco y leo el nombre del señor Peterson labrado en cada una de las placas; todas le dedican elogios y alabanzas por distintos logros y éxitos profesionales.

Una de las cajas sostiene una gigantesca mesa de madera que ocupa, al menos, una cuarta parte de la habitación. Sobre el escritorio hay muchísimas pilas de hojas y documentos; hay tantos papeles que incluso el mueble, pese a ser imponente, parece que vaya a derrumbarse con el peso.

Apunto el haz de luz sobre ese caos de papeles y echo un vistazo. Supongo que esa sala había servido como despacho personal al señor Peterson.

Advierto varios pisapapeles azules en las esquinas de los planos y proyectos, con medidas y anotaciones muy precisas garabateadas en lápiz junto a cada línea, junto a cada curva. Reconozco algunos de los nombres porque los leí en artículos de periódicos viejos: el Campanario, el Peso Muerto, la Guarida del Dragón, las atracciones más peligrosas y emocionantes que el señor Peterson había diseñado en parques de todo el mundo. Pero hay otros nombres que no me suenan de nada en absoluto, como el Ciclón Invertido o el Látigo; este último proyecto es un caos incomprensible de líneas y curvas. Me fijo en un plano en particular, uno que no está acabado, que ni siquiera tiene nombre, pero las espirales y ángulos que ocupan todo el papel, incluso los bordes, parecen desafiar la gravedad. Unas cruces de color rojo parecen marcar unas zonas en concreto del diseño, como si se tratase de un mapa del tesoro, solo que en lugar de señalar el tesoro, las cruces están acompañadas de palabras del tipo Acceso 1, Salida 2, Trampilla 3.

Intento comprender y asimilar lo que estoy viendo, pero la desorientación y el miedo iniciales se han transformado en agotamiento.

Sí, estoy demasiado distraído. Necesito beber agua y dormir unas horas más, así que decido dejar el misterio para mañana. Ya interrogaré a Aaron cuando se levante. Estoy seguro de que resolverá todas mis dudas sobre esa habitación y los proyectos allí expuestos. Y en ese preciso instante, el rayo de luz de mi linterna ilumina un archivador empotrado contra la pared, justo al lado del escritorio. Los cajones están tan llenos que incluso sobresalen varios folios y papeles llenos de notas escritas a mano. Pero hay un archivo en particular que me llama la atención. Es un buen tocho. En la etiqueta de la carpeta se leen las palabras «Parque de atracciones Manzana Dorada» escritas con un rotulador negro de punta gruesa.

Se me acelera el corazón y, sin pensármelo dos veces, voy

BUFETE DE ABOGADOS LIN, GRUBER & FONSECA

Estimado señor Peterson:

Nos ponemos en contacto con usted para informarle de que, muy a pesar nuestro, nos disponemos a retirar los cargos que, en su momento, presentamos contra usted, contra sus bienes empresariales y contra cualquier propiedad que pueda resultar afectada por dichos bienes. A pesar de que consideramos que gran parte de la responsabilidad del fallecimiento de la hija de nuestros clientes fue culpa suya, y solo suya, dado que el Tribunal del Condado ha dictado sentencia y ha señalado a la empresa Manzana Dorada como única responsable, nuestros clientes han decidido retirar la demanda por los daños civiles que pudo causar la muerte de Lucy Yi, y de los que usted es criminalmente responsable.

Aunque nos reservamos el derecho de retomar dichos procedimientos más adelante, considere esta carta un aviso oficial para informarle de que retiramos todos los cargos contra usted, Theodore Masters Peterson

Cordialmente,

Fonseca

directo hacia la carpeta que sobresale del cajón. Alguien con una pizca de sentido común y sensatez no metería las narices en el estudio del señor Peterson, pero parece ser que mientras me perdía en esa casa laberíntica también he perdido la prudencia y el buen juicio.

Intento sacar el archivo, pero es tan grueso que parece haber quedado atascado. Tiro con fuerza, pero lo único que logro es sacar un par de hojas y enviar otras tantas al suelo, junto a un montón de papeles desparramados.

La primera hoja es una carta impresa en un papel fino y elegante, con un gramaje bastante grueso y con esa clase de membretes que quedan en relieve.

Parpadeo e intento traducir el argot legal lo mejor que puedo. La hija de los clientes del abogado no era otra que Lucy Yi. Intuyo que los padres de Lucy denunciaron al señor Peterson después de que su pequeña falleciera en aquel trágico accidente. Sin embargo, el Estado culpó y condenó a la empresa Manzana Dorada, y no al señor Peterson, lo que significa que el señor Peterson habría sido absuelto de todos los cargos. Me imagino a mis padres en esa misma situación, impertérritos en el banquillo de los acusados escuchando la sentencia del juez, que dicta que una empresa anónima es quien ha asesinado a su hija. No concibo el sufrimiento que debieron de sentir al no oír ni siquiera una mísera disculpa, al no poder mirar a alguien a los ojos y poder decir: «Por tu culpa ya no podré volver a hacer bromas, ni comer pastel de cumpleaños, ni pasear por un parque infantil porque cada vez que vea a un niño jugando me acordaré de que perdí a mi hija». Me pregunto qué se siente cuando te arrebatan a un ser querido así, cuando te roban un pedacito de tu corazón.

Me pregunto qué se siente al saber que tu padre fue el verdadero culpable de todo esto.

Sin querer tropiezo con una pila de papeles que hay en el suelo. Allí, en la oscuridad que reina en el estudio, parecen fotografías borrosas de un bosque, de una obra, de un grupo de personas apiñadas alrededor de una mesa de trabajo. Pero cuando las recojo y las extiendo por encima del escritorio, la luz de mi linterna revela algo inesperado.

La primera fotografía es una fotocopia de un artículo de periódico: «La construcción del esperado parque de atracciones Manzana Dorada ya ha empezado». Y, bajo el titular, aparece una arboleda, una excavadora y un equipo de trabajadores con motosierras, dispuestos a talar el bosque. El señor Peterson aparece en primer plano, con su correspondiente casco de protección y su inconfundible bigote puntiagudo. Y en el fondo, casi fuera del fotograma, advierto una silueta encorvada que observa la escena escondida tras el tronco de un árbol. No me habría fijado en ese pequeño detalle de no ser porque está marcado con un círculo rojo. Dibujaron ese círculo tantas veces con el bolígrafo que incluso rompieron el papel.

Entrecierro los ojos para tratar de distinguir al intruso. Y lo reconozco enseguida. Sí, no me cabe la menor duda de quién es. Está un poco desenfocado y manchado con tinta roja, pero es Aaron. Se le ve un crío; de hecho, si los cálculos no me fallan, debía de tener cinco años menos, cuando empezaron las obras del parque. Pero definitivamente es él, es Aaron y, aunque la imagen está un poco borrosa, es más que evidente que se está escondiendo.

Aparto esa página y encuentro otra fotocopia de otro

artículo: «¡Se avanza la fecha de inauguración! El parque de atracciones Manzana Dorada abrirá sus puertas en verano».

En esta fotografía, el señor Peterson está señalando una grúa que se balancea sobre una estructura que, a juzgar por la boca abierta que rodea el inicio de las vías, parece ser la base de una casa de la risa. Todas las miradas están puestas en el señor Peterson, incluida la del niño agazapado entre las vigas de madera, también marcado con un círculo rojo. En la imagen del siguiente artículo aparecen varios hombres ataviados con chalecos y cascos que observan una estructura tan alta que ni siquiera cabe en la fotografía. Pero hay uno que tiene los ojos clavados en el señor Peterson, que encabeza la comitiva. Una vez más, hay un círculo rojo alrededor de Aaron, que en esta ocasión se ha escondido tras una pila de barras de hierro.

En todas y cada una de las páginas aparece Aaron, a veces desenfocado, a veces casi fuera del marco de la fotografía, pero siempre marcado con un círculo rojo. Echo un vistazo a mi alrededor. Los muebles que atestan el despacho arrojan unas sombras distorsionadas sobre las distintas fotografías enmarcadas de la familia Peterson, lo cual me sorprende un poco porque en el resto de la casa no hay ni un solo retrato familiar. Pero cuando me acerco a las instantáneas, me doy cuenta de que también están marcadas con tinta roja. La señora Peterson y Mya siempre aparecen sonrientes y contentas, igual que el señor Peterson. El único que no sonríe es Aaron.

A medida que pasan los años, las sonrisas de la familia Peterson se van volviendo forzadas, tal vez fingidas, y el rostro de Aaron desaparece bajo el furioso garabato de ese bolígrafo rojo. Hay una fotografía en concreto que llama mi atención. Intuyo que es el último retrato familiar que tomaron los Peterson, ya que aparecen tal y como son ahora. Junto a los tachones que borran la cara de Aaron hay una palabra. Al principio creo que es su nombre pero, cuando lo miro más de cerca, me doy cuenta de que la palabra no es «AARON».

Es «OMEN», 'presagio' en inglés.

Dejo caer la linterna y toda la habitación queda sumida en una negrura absoluta. Me quedo petrificado sobre un tablón de madera que está un poco suelto y emite crujidos que delatan mi presencia allí. Y, de repente, de algún rincón oscuro de esa casa, oigo el chirrido de una puerta al abrirse.

Estaba tan absorto mirando las fotografías que ni siquiera me había dado cuenta de que alguien estaba merodeando por la casa.

Un pisotón seguido de un ruido siseante, el de un pie arrastrándose por el suelo. Los pasos se oyen cada vez más cerca y, de repente, empiezo a oír una respiración que, evidentemente, no es la mía.

Corre. «¡Corre!»

Pero mis pies parecen haberse quedado atascados ahí, sobre ese tablón de madera.

«Ojalá sea todo un sueño. Por favor, que sea todo un sueño.»

Pero no lo es. Sé que no lo es.

La respiración cada vez es más profunda, más lenta, como si fuese un animal salvaje que se está preparando para abalanzarse sobre su presa. Me convierto en una especie de estatua de mármol porque sé que, en esa oscuridad opaca, la quietud es mi mejor y única defensa. Pero quien sea que se está acercando sabe muy bien que estoy ahí, en el despacho del señor Peterson.

Los tablones del suelo se quejan al notar el peso de unos

pasos que metódicamente van trazando el camino que les dirige a mí. Ahora están junto a una de las vitrinas. El desconocido abre la puerta de vidrio y hace tintinear los premios y galardones que la decoran. Se acerca al escritorio sobre el que he dejado un montón de papeles. Esa es la prueba irrefutable de que he estado ahí fisgando. Después se dirige al archivador, de cuyo cajón asoman varios folios y papeles. Está tan y tan cerca que incluso noto el calor de su aliento en la nuca. Y, en su respiración, oigo mi nombre.

—Nicholas —susurra la voz—. No deberías estar aquí.

Un suave resplandor ilumina el suelo y la linterna, que está tirada junto a mis pies. Una sombra alargada y gigantesca se cierne sobre mí.

Me vuelvo porque no sé qué hacer. No puedo echar a correr. No puedo esconderme. Lo único que puedo hacer es enfrentarme a la sombra.

Siento una oleada de calor y me quedo ciego durante unos instantes. Cuando recupero la visión, lo primero que veo es un diseño de rombos.

Echo atrás la cabeza y advierto el rostro del señor Peterson. No me gusta ni un pelo lo que estoy viendo. Sus ojos, oscurecidos y deformados por la llama de la vela que sostiene, apenas son visibles. Bajo un poco la mirada y advierto las aletas de la nariz de un hombre molesto, de un hombre enfadado porque alguien está merodeando por su casa sin permiso y porque alguien ha metido su enorme narizota en su despacho personal. También distingo su inconfundible bigote con las puntas enroscadas en un gesto cómico. Y tiene el ceño fruncido, muy fruncido.

Agacho la mirada y la clavo en mis pies descalzos. Estoy

aterrorizado y avergonzado. Y es entonces cuando me doy cuenta de que el señor Peterson lleva los zapatos puestos.

En mitad de la noche.

Levanto la mirada de nuevo y me fijo en sus pantalones y en su jersey de rombos. Yo llevo pijama y él ropa de calle. Empiezo a idear respuestas a las posibles preguntas que puede hacerme, pero lo cierto es que no me pregunta nada. De hecho, no ha musitado palabra desde que me he dado la vuelta. Se limita a… mirarme fijamente.

Las misteriosas corrientes que soplan en esa casa hacen parpadear la llama. Él la sigue sosteniendo, sin moverse ni un ápice. Y es entonces cuando me fijo en sus manos, manchadas y embadurnadas de algo pegajoso y oscuro.

Sigo el ascenso. No sé qué espero encontrar, la verdad. Tal vez una explicación de por qué está ahí, o de qué son las manchas de sus manos, o qué hace despierto a esas horas de la madrugada. Pero, desde luego, lo que no espero es ver esa sonrisa. Esa sonrisa horrible y desencajada que se extiende bajo su bigote.

Y, de golpe y porrazo, se echa a reír. Es una risa profunda que sale de sus entrañas, que retumba en su pecho y en su garganta y que escupe por la boca. Pero en lugar de oír una sonora carcajada tan solo se oye una risita etérea que nada tiene que ver con el gruñido inicial. Es increíble lo grandioso que es. Es como un armario. Sus hombros son tan anchos que apenas logro ver la puerta que hay tras él.

Y lo único que quiero es salir por esa puerta.

Y entonces, con la misma brusquedad que empezó esa risa horripilante, enmudece. Me da la sensación de que puede controlar el silencio que reina en esa habitación. Se inclina y se queda a escasos milímetros de mi cara. Y me mira directamente a los ojos.

—Buenas noches, Nicky —dice, y de un solo soplo apaga la vela y se hace a un lado.

Salgo escopeteado de ese despacho y subo las escaleras a toda prisa, aunque ya no me siento los pies. Recorro el pasillo a toda velocidad, el mismo pasillo por el que momentos antes había pasado casi de puntillas para evitar hacer ruido. Cuando consigo llegar a la habitación de Aaron, cierro la puerta para protegerme de lo que sea que me acecha. Echo un vistazo a la litera de arriba, donde duerme Aaron, convencido de que toda esa conmoción lo habrá despertado porque ya no le oigo roncar. Está muy quieto y tiene la cara tapada con el edredón, así que espero unos segundos para comprobar si sigue dormido.

Pero en ese silencio sepulcral lo único que percibo es el latido de mi corazón y el castañeteo de mis dientes. Respiro hondo y trato de tranquilizarme. Y cuando por fin me sereno un poco, apoyo la almohada contra la pared y observo la puerta desde mi litera. Cada vez que oigo un ruido o un crujido, me encojo, muerto de miedo.

Ya no me acuerdo de ese cajón lleno de posibilidades.

Ni tampoco del agua que no he bebido.

Ni de la emoción que sentí cuando creí haber encontrado, por fin, un amigo tan raro y peculiar como yo.

Lo único que recuerdo es la música del sótano. Y todas esas fotografías con un círculo rojo alrededor de Aaron. Y las manchas de mugre en las manos del señor Peterson.

Y esa sonrisa demente que mostraba un rostro que ha olvidado qué es la alegría.

CAPÍTULO 12

Dejo mi sudadera gris encima de la mochila, pero tendría que haberme imaginado que papá la vería de todas forma.

—¿Ya has empezado a estudiar? ¿Tienes miedo de que te pille el toro, Narf? —pregunta, y señala la mochila.

—Nunca es demasiado pronto —respondo, y me encojo de hombros. Es el mejor antídoto a sus preguntas: una respuesta difusa e imprecisa acompañada de algún gesto que muestre indiferencia. Él sacude la cabeza y vuelve a remover lo que sea que está cocinando. Apenas veo la cabeza de mamá bajo el vapor que emana la cena. Aunque está distraída con algo porque no se da cuenta de que la cocina se ha convertido en una sauna.

—Ten cuidado —dice sin levantar la mirada, sin tan siquiera saber dónde voy.

—Estaré en casa de Aaron —murmuro, aunque creo que podría haberme ido de casa sin haberles informado.

—Pasas muchísimo tiempo allí —comenta papá, que está removiendo con tal fuerza que incluso mueve las caderas—. ¿Qué ha pasado con el hijo de Miguel, Enzo?

—A los Peterson no les importa —digo, esquivando el tema.

—Lu, en serio, deberíamos invitarlos a cenar —dice, pero mamá enseguida alza un brazo para pedirle silencio. Tiene toda su atención puesta en la fórmula que ha ideado, o eso supongo.

—Siete semanas —dice, como si tuviéramos que saber a qué se refiere con eso.

Y, por increíble que parezca, papá sí sabe a qué se refiere.

—Va, cariño. ¿Qué te cuesta?

—No. He dicho que no —contesta, y los dos sabemos que así ha puesto punto y final a la conversación. Lo que pueda decir después ya es mera formalidad y no da pie a ningún tipo de debate—. Siete semanas y no hemos recibido ninguna invitación. No quieren conocernos, está claro. Y nosotros tampoco queremos conocerlos a ellos.

No hace falta ser un genio para saber que está implicando mucho más que eso. Hemos vivido en suficientes ciudades y vecindarios para entender lo que significa una no-invitación, o un saludo negado, o el silencio que sigue cuando papá presenta a mamá con un «Lu, mi esposa» o cuando mamá señala a papá con un «Jay, mi marido». Tal vez es porque «Lu, mi esposa» muchas veces no ha caído en gracia y se la ha considerado antipática e incluso desagradable o porque «Jay, mi marido» ha tenido que cambiar un montón de veces de periódico para que le consideren un verdadero periodista. O quizá sea porque «la familia Roth» es judía, o porque nuestra casa es más vieja que las demás, o porque los cereales que desayunamos son de marca blanca, o porque nuestras matrículas son de otro estado o porque nuestro acento no se parece al que se habla en esa parte del país. Lo que queda claro es que el «Y nosotros tampoco queremos conocerlos a ellos» es la manera que tiene mamá de protegernos de lo que dice la gente cuando intenta ser educada, o lo que no dice cuando intenta no ser grosera.

Pero esta noche no me apetece enzarzarme en esta conversación. Ni en esta ni en ninguna, dicho sea de paso. Pero mucho menos hoy. Lo único que quiero es salir por esa puerta antes de perder los nervios.

—Hablaré con ellos, ¿vale? —digo, y mamá suelta un «psssst».

—No te molestes —contesta, pero lo dice de tal manera que sé que no está tan ofendida como parece. O, al menos, de momento. Está inmersa en una investigación que le exige toda su atención; lo sé porque no deja de crujirse los nudillos.

—No llegues demasiado tarde —comenta papá, que está mirando a mamá embobado y con una sonrisa pegada en los labios, como siempre. Mi mochila y todas las horas que paso en casa de los vecinos ya son recuerdos lejanos y casi olvidados.

La puerta principal de los Peterson está entreabierta. Echo un vistazo al jardín, pero no hay nadie. Está vacío. De hecho, toda la casa parece desierta, quizá demasiado tranquila y demasiado en silencio.

Llamo a la puerta antes de abrirla un poco más.

—¿Hola? ¿Aaron? ¿Hay alguien ahí? —pregunto. Y luego, en voz más baja—: ¿Señora Peterson?

En mis últimas visitas apenas me he cruzado con el señor Peterson. Y, para qué engañarnos, ha sido todo un alivio, sobre todo después de nuestro encontronazo a altas horas de la noche. Es curioso porque no he vuelto a pasar por el pasillo de ese siniestro despacho, ni siquiera a plena luz del día, aunque tampoco me he estrujado los sesos para encontrarlo. Pero lo más curioso e intrigante del tema es que ningún miembro de la familia haya tratado de explicar y justificar la evidente ausencia del señor Peterson. Es como si se hubiera… esfumado de la faz de la Tierra.

Me quedo frente a la puerta un buen rato y arranco la nota que Aaron me ha dejado ahí clavada.

En mi casa
a las 17:00

Compruebo la hora. Son las 17:03.

No suelo ser muy tiquismiquis con la puntualidad, pero hemos invertido mucho tiempo y recursos en esta broma pesada, así que no puedo evitar ponerme un poco nervioso. Tal vez es porque todavía no he tenido la oportunidad de probar el sintetizador con otro sistema de sonido. O tal vez es porque llevo con los nervios a flor de piel desde aquella noche. Intenté preguntarle a Aaron sobre el despacho de su padre y todo el material que almacena en él, pero no soltó prenda. Le he dado mil vueltas al tema y aún no he logrado entender qué vi. Fuese lo que fuese, una cosa está muy clara: el señor Peterson ve algo en Aaron y, a juzgar por la presencia de Aaron en todas esas fotografías, él también ve algo en su padre.

No sé qué puede ser, pero estoy convencido de que tiene algo que ver con el Parque de atracciones Manzana Dorada. Compruebo la hora de nuevo. 17:05, solo han pasado dos minutos.

—¿Señora Peterson? —repito, y luego llamo a la puerta con más fuerza que antes—. Ejem… ¿Diane?

Esto sí se puede definir como una intrusión en toda regla. A ver, Aaron y yo habíamos hecho planes, y eso es algo sagrado. Pero nuestros planes no incluían que me colara en su casa y me paseara a mis anchas si no había nadie. Aunque la puerta estaba abierta. Quizá Aaron la ha dejado así para que pasara sin llamar.

Y justo cuando estoy a punto de llegar a la cocina empiezo a sospechar que algo no anda bien.

Echo un fugaz vistazo a mi alrededor para orientarme y no perderme: la cocina, la escalera, los tres pasillos que serpentean por la casa y que terminan en tres rincones distintos y, a mis espaldas, la puerta principal abierta de par en par.

—Está bien, he visto lo que necesitaba ver —murmuro, decidido a echarle la bronca a Aaron por haberse comportado como un gallina y haberse echado atrás sin tan siquiera avisarme.

Me doy la vuelta para largarme de ahí y choco con un muro. Bueno, con un muro no, con el fornido y musculoso pecho del señor Peterson.

—Aaron no está aquí.

Empiezo a recular y, sin darme cuenta, tropiezo con el sofá pero por suerte mantengo el equilibrio y no me caigo de culo.

—La puerta estaba abierta —digo, como si eso explicara qué diablos estoy haciendo ahí.

El señor Peterson no responde nada. Tan solo me fulmina con la mirada, tan intensa y penetrante que me da la sensación de que puede atravesarme. Me jugaría el pellejo a que puede ver qué he comido. Pero sé que ese silencio no va a durar mucho porque estoy al borde de perder el control y enloquecer.

—Yo… ejem… he llamado…

—Aaron no está aquí —repite, pero esta vez suena más a algo como: «Sal de mi casa antes de que te dispare con mi mirada láser y funda tu cuerpo en un montón de cera humana».

—Vale. Está bien. Claro, claro. Si ya me iba —balbuceo mientras me dirijo a toda prisa hacia la puerta principal. La cierro tan rápido que me pillo el talón y me hago un arañazo, pero el subidón de adrenalina hace que ni siquiera note el escozor de la herida. Cruzo la calle a trompicones, mirando por encima del hombro por miedo a que el señor Peterson me esté persiguiendo con esos ojos de halcón. Y, cuando por fin alcanzo la acera, repaso los hechos. El señor Peterson llevaba su ya habitual jersey de rombos, pero había algo distinto en él, algo distinto y aterrador. El bigote estaba tan y tan enroscado que las puntas casi le rozaban las cejas. Tenía las manos manchadas con ese pringue tan asqueroso, pero esta vez también se lo había esparcido por los pantalones. Llevaba el pelo despeinado y, por el hedor que desprendía, pondría la mano en el fuego de que hacía varios días que no se duchaba. Sin embargo, había un detalle que no había pasado por alto. Un detalle que me había desconcertado e inquietado.

Parecía asustado. No, mucho más que eso. Aterrorizado.

—¿Dónde estabas?

Me giro, sobresaltado, y esta vez noto el ardor del arañazo del tobillo. Me agacho y veo que la sangre empapa mi calcetín y ha comenzado a manchar el talón forrado de mis Vans.

Cuando me incorporo veo a Aaron apoyado sobre la farola, con ademán aburrido.

—¿Cómo que dónde estaba? ¿Dónde estabas tú? —pregunto, pero mis palabras suenan más rabiosas de lo que pretendía. Jolines, son mis zapatillas favoritas. Son Vans originales, y no una falsificación barata. Fue una suerte que me las regalaran para mi último cumpleaños; papá ganó una buena prima, algo que no ocurre todos los días. Y ahora están manchadas de sangre. ¿Por qué diablos Aaron no estaba donde me dijo que estaría?

—Frena, frena —dice, y alza las manos a modo de rendición—. No sabía que habíamos quedado.

—¿En serio? —replico, y doblo el calcetín en un intento de minimizar los daños.

—Ostras, lo siento —responde, pero no me sirve.

Estoy enfadado con él porque me ha dejado plantado y porque, para colmo, no le está dando ninguna importancia. Pero también por algo más. A lo mejor estoy enfadado porque cuanto más creo entender a Aaron, más misteriosa se vuelve su vida.

—Vamos —dice, y esta vez percibo una nota de preocupación en su voz—. Esta broma va a ser épica.

Tengo que dar mi brazo a torcer, así que respiro hondo y me tranquilizo porque sé que lleva toda la razón. Esta broma va a ser épica. Llevo días, semanas, acompañando a mamá a la tienda de productos ecológicos de la señora Tillman, que siempre te recibe con esa sonrisa falsa y condescendiente, con un único objetivo en mente: mostrar al mundo que esa alegría es puro teatro, que no es más que un puñado de pedos asquerosos disfrazados de amabilidad. No es una mujer zen, sino un vejestorio glotón y codicioso.

Tomo la delantera y empiezo a caminar; todavía no se me ha pasado la rabieta, hasta que Aaron suelta:

—Esas gotas de sangre le dan un toque original a tus Vans.

Y entonces todo se calma. Creo que empieza a conocerme.

Me cuelgo la mochila del otro hombro y, en lugar de tomar el camino más rápido y directo al supermercado ecológico, nos escabullimos por callejones y avenidas secundarias. Nos repetimos varias veces que lo hacemos para que nadie nos vea y pasar totalmente desapercibidos, pero creo que no estamos del todo convencidos. Algo me dice que hemos preferido tomar el camino más largo porque, quizá, no soy el único que está nervioso por esta broma.

—Recuerdas el plan, ¿verdad? —digo.

—Tío, es «mi» plan. Por supuesto que lo recuerdo.

Acordamos que yo sería el encargado de distraer a la señora Tillman mientras Aaron conectaba el sintetizador. En principio yo iba a ocuparme de la instalación, pero la coartada de que estaba buscando un regalo para el cumpleaños de mi madre iba a ser mucho más creíble; la señora Peterson ya había dejado muy clara la opinión que tenía sobre la tienda de la señora Tillman.

Ya casi hemos llegado a la tienda. Esperamos a que el tráfico de la hora punta que se acumula en la calle Seis se despeje y después nos inmiscuimos entre los coches rezagados y las furgonetas aparcadas frente a la tienda ecológica. Espero que mi mochila, que he llenado hasta explotar, no revele nuestras intenciones.

—Recuerda que antes de nada tienes que inhabilitar la salida de sonido principal —le digo a Aaron.

—Sí.

—Y recuerda que el volumen debe estar superbajito.

—Sí. Superbajito.

—Porque el sintetizador multiplica por tres el volumen de un sistema de sonido normal.

—Sí, ajá —murmura él.

—Si no lo pones muy bajo…

—Tío, cálmate —dice Aaron.

—Supongo que sabes, que si nos pillan, estamos muertos —respondo—. Lo de Granjero Llama es una broma de aficionados comparado con esto. Esa arpía nos matará lenta y dolorosamente. Tal vez nos quemará vivos.

—Que sí, que ya lo sé. Nos arrojará a una hoguera y, de paso, asará unas castañas —dice Aaron, pero hay algo que no acaba de convencerme.

La campanita que cuelga sobre la puerta anuncia nuestra

llegada a la tienda ecológica. Con cuidado, Aaron desliza mi mochila y, con sigilo, se escurre hacia la parte trasera, serpenteando por pasillos atestados de productos oscuros y siniestros. La señora Tillman corta la conversación que mantiene con un cliente para lanzarme esa mirada inquisitiva y repasarme de pies a cabeza. Es evidente que no ha visto a Aaron.

Cuando termina de elogiar todos los beneficios del trigo germinado a un hombre que parece bastante escéptico, centra toda su atención en mí.

—Hola…

—Nicky —le recuerdo, aunque cada vez que vengo aquí con mi madre ella se encarga personalmente de recordarle a la señora Tillman de que no me llamo Mikey, sino Nicky.

—Eso. ¿Qué te trae hoy por aquí?

—Estoy, ejem, buscando un regalo de cumpleaños para mi madre —miento, tal y como Aaron y yo habíamos acordado, y ensayado varias veces.

—¡Oh! —exclama la señora Tillman, haciéndose la sorprendida. Y, sin querer, me pongo a la defensiva.

—¿Me podría recomendar algo? —le pregunto, y finjo echar un vistazo a las estanterías cuando, en realidad, estoy escudriñando la tienda en busca de Aaron. Advierto su cabeza asomándose por el último pasillo, junto a las escaleras que conducen al despacho. El interfono está al lado de una ventana diminuta desde la que se puede contemplar toda la tienda.

—¿Para tu madre, has dicho? —dice la señora Tillman, y esboza una sonrisa un poquito extraña y espeluznante.

—Sí. Para mi madre —confirmo, con más convicción. Me acerco a la señora Tillman y centro toda mi atención en ella, porque sé que está empezando a maquinar algo—. ¿Hay algo de malo?

—No, no —responde la señora Tillman. Se nota que está mintiendo como una cosaca—. No me parecía que fuese…

—¿Que fuese qué? —espeto, y empiezo a calentarme.

—A ver, por si no te habías fijado, los productos que vendo están diseñados para personas que han alcanzado cierto nivel de… esclarecimiento.

—Ha estudiado un doctorado —digo.

La señora Tillman dibuja otra sonrisa.

—Y la felicito por ello. Pero cualquier persona que se precie necesita poseer algo más que inteligencia académica —explica, como si estuviera haciéndome un favor, como si fuese imposible que pudiera entenderla.

Me doy media vuelta porque no quiero que me vea con la cara como un tomate, o con lágrimas en los ojos. Pestañeo y unos lagrimones ruedan por mis mejillas. Los seco con la manga de la sudadera y, cuando levanto la mirada, veo la cara de Aaron pegada al cristal de la ventana del despacho. Está sonriendo y levanta los pulgares para informarme de que el plan va sobre ruedas. Creo que nunca me he sentido más poderoso en toda mi vida.

Me vuelvo hacia la señora Tillman, me aclaro la garganta y, con voz firme y estable, digo:

—Echaré un vistazo a ver si encuentro algo y así puede seguir atendiendo a los clientes. —Señalo la cola que se ha ido formando detrás de mí mientras charlábamos. Está el tipo del trigo germinado y una mujer con un par de mellizos que están saltando a la comba con el cordón que la señora Tillman utiliza para marcar y separar los pasillos.

De repente, la señora Tillman sale de detrás del mostrador y regaña a los niños por jugar con su cuerda. Vuelve a toda prisa al mostrador y de debajo de la caja registradora saca un micrófono.

«Necesito una cajera ahora mismo», son las palabras que articula, pero lo que se oye por los altavoces de la tienda es el sonido del pedo más jugoso, más impactante y más ruidoso que pudimos grabar después de una noche atiborrándonos a barritas Surviva. Hay que reconocer que Aaron es un pedorro incomparable.

Toda la tienda queda sumida en un silencio absoluto. Todos están tratando de procesar lo ocurrido. Los mellizos son los primeros en romper ese silencio con unas risotadas tremendas.

—¡Mami, se ha tirado una pedorreta! —grita la niña, que no puede dejar de reírse.

—Pide perdón —la reprende su hermano.

La señora Tillman se queda pálida y empieza a negar con la cabeza. Está tan confundida y abochornada que no se da cuenta de que todavía tiene el dedo apoyado en el botón del micrófono, así que en lugar de oírse un «No he sido yo», los altavoces vuelven a emitir un pedo monumental.

Los mellizos chillan y empiezan a aplaudir como histéricos. Su madre intenta tranquilizarlos, pero están desatados y es imposible. Miro al tipo que está detrás de mí, el primero de la cola.

—Debe de ser el germen de trigo —murmuro, y a toda prisa deja el bote sobre el mostrador. El bote se vuelca, cae al suelo y se aleja rodando por el pasillo. Echo un vistazo a la ventana del despacho, pero no veo a Aaron por ningún sitio.

La señora Tillman corre detrás del bote de germen de trigo. La madre de los mellizos ha perdido el control de la situación.

—¡Déjame probar! —ruega el niño, que es el primero en llegar al micrófono.

Aprieta el botón y se oye otro pedo ensordecedor. Los dos hermanos se echan a reír a carcajadas y se cambian de sitio.

—¡Mami! —grita la niña, y suena una flatulencia

149

atronadora en toda la tienda. Unos clientes que hasta entonces no había visto asoman la cabeza por los pasillos, como marmotas. Parecen mortificados, como si fueran ellos los que se estuviesen tirando pedos constantemente. Y después desvían sus miradas acusatorias y silenciosas hacia la señora Tillman, que todavía está correteando detrás del bote de germen de trigo que rueda por el pasillo.

Que rueda hacia las escaleras del despacho.

La oigo antes de ver a Aaron.

—¡Tú! —brama, y otro pedo resuena en la tienda.

Los mellizos están desenfrenados, fuera de sí. Los dos han pegado los labios al micrófono y no dejan de decir tonterías para crear un concierto de cuescos.

Los altavoces empiezan a crujir y la euforia y alegría que he sentido durante un glorioso minuto se transforman en horror; los altavoces están a punto de estallar. Aaron ha debido de pasarse con el volumen, y eso que le había avisado varias veces.

—¡Sabía que estabais tramando algo! ¡Mi intuición no me ha fallado! Podéis engañar a Betty Bevel, pero no a mí, ¡no a esta alma cultivada e iluminada! —aúlla la señora Tillman, y echa a correr pasillo arriba para atrapar a Aaron; casi se tropieza con el bote de trigo germinado.

—Nos ha pillado —sisea Aaron al pasar por mi lado.

—¡Quédate ahí quieto! ¡No te muevas! —grita la señora Tillman, dispuesta a abalanzarse sobre Aaron. Me he adelantado y estoy intentando quitarles el micrófono a los mellizos para evitar que los altavoces exploten en mil pedazos.

—¡Espera tu turno! —dice la niña mientras su hermano me da un mordisco en la mano.

—¡Au! —exclamo, y aparto la mano. La madre reacciona

rápido y me lo quita en un abrir y cerrar de ojos, pero la cría sigue chillando mientras los altavoces crujen y retumban.

Aaron se encarama sobre el mostrador para escapar de las garras de la señora Tillman, pero su objetivo no es Aaron, sino otra cosa. Mete la mano debajo del mostrador y da un manotazo a un botón escondido. De repente, empiezan a sonar varias alarmas y unas luces rojas parpadeantes nos ciegan a todos. Pero eso no es todo porque acto seguido una barra metálica desciende y obstruye las dos entradas de la tienda.

Miro a Aaron; tiene los ojos tan abiertos que parece que vayan a salírsele de las órbitas. Eso basta para confirmar mis sospechas: estamos atrapados.

Entre el sintetizador y la alarma, los altavoces vibran y se sacuden por la presión y, de golpe y porrazo, emiten un crujido ensordecedor antes de quedarse en silencio. Pero, por arte de magia, la alarma sigue tronando gracias a un sistema de seguridad. Se oye un ruido en la puerta, lo que llama la atención de la señora Tillman, que sale escopeteada para dejar entrar al agente uniformado. Parece cansado y entra tapándose los oídos con las manos. Echa un vistazo para tratar de averiguar qué ha ocurrido.

—¡Esos chicos! ¡Arresta a esos chicos! —grita la señora Tillman, pero el agente sigue con los oídos tapados y no oye ni una de sus palabras.

—Marcia, la sirena, por favor —dice, y señala la caja registradora con la barbilla. Por lo visto, el agente en cuestión sabe que la señora Tillman es una paranoica que ha instalado un sistema de seguridad avanzado, más propio de Fort Knox que de una estúpida tienda de barrio.

Se acerca al mostrador y teclea un código; de inmediato, la sirena enmudece y las luces rojas se apagan. El agente escudriña la tienda y después se fija en todos y cada uno de los clientes ahí encerrados hasta que, por fin, llega a la señora Tillman, que está impaciente por hablar y no deja de tamborilear los dedos sobre el mostrador. El agente se quita las gafas, se frota la cara y, lentamente, vuelve a ponerse las gafas.

—A ver, cuéntame qué ha pasado, Marcia.

—Creo que es bastante obvio, Keith —responde ella.

Reconozco que me sorprende que el agente de policía y la señora Tillman se tuteen y se llamen por su nombre de pila. La idea de que puedan ser amantes, o algo más, me repugna. Observo al agente Keith y enseguida me doy cuenta de que Aaron y yo no somos los únicos de Raven Brooks que sentimos cierta antipatía y aversión por la señora Tillman.

—Bueno, te propongo que finjamos que no es tan obvio para todos —dice él.

—Esa señora se ha tirado un pedo —acusa el niño, el mismo que me ha mordido la mano.

—Yo no...

—Ha sido por el trigo germinado —añade el tipo que está primero en la cola.

—No. Por las barritas Surviva —apunta Aaron, y los mellizos se echan a reír por lo bajo. Aaron también se desternilla de risa. No puedo creer lo que está pasando. Hemos metido la pata hasta el fondo. Estamos en un lío bastante serio. ¿Y él se ríe como un niño pequeño?

—Que yo no... Oh, por el amor de Dios —balbucea la señora Tillman, que está a punto de perder los nervios—. ¡Estos muchachos han manipulado mi sistema de intercomunicación!

Pronuncia «muchachos» como si no fuésemos muchachos de carne y hueso, sino un par de mocosos. O alienígenas. O productos carnívoros. El agente Keith nos observa unos instantes y después fija su mirada fulminante en mí.

—¿Es eso cierto, jovencito? ¿Has manipulado el sistema de intercomunicación de la señora Tillman?

—Ejem… más bien he… no he…

—He sido yo.

Toda la tienda se vuelve hacia Aaron. Me quedo atónito, sin saber qué decir.

—¿Y qué has hecho exactamente? —pregunta el agente Keith.

—Le he fundido los altavoces. Sí, se los he reventado. Y lo he hecho yo solito, sin la ayuda de nadie —dice—. Supongo que esnifar gasolina ha tenido algo que ver.

—Eso no es verdad —comento, un tanto confuso. No entiendo por qué Aaron se empeña en ser la cabeza de turco y en cargar con toda la culpa. ¿Acaso no se da cuenta de lo serio que es el asunto?

—Sí es verdad —replica él sin perder la calma, como si hubiese mentido miles de veces en su vida.

—No, no lo es. Aaron, ¿qué estás…?

—¡Han sido los dos! —exclama la señora Tillman, y el agente Keith alza las manos, exasperado.

—Está bien, está bien. Creo que ya he recopilado la suficiente información para comprender qué ha ocurrido aquí —sentencia, y mira de reojo al crío que ha acusado a la señora Tillman de tirarse un cuesco—. Me parece que hay un par de muchachos que le deben una sincera disculpa a la señora Tillman, además de un sistema de sonido nuevo.

Se me ha hecho un nudo en la garganta que amenaza con estrangularme en cualquier momento. ¿Cuánto debe de costar un sistema de sonido nuevo? ¿Y cómo voy a reunir el dinero

PARTE DE INCIDENCIAS

INCIDENCIA NÚMERO	875
TIPO DE PARTE	☒ INICIAL ☐ COMPLEMENTARIO

PROPÓSITO PRINCIPAL: La finalidad de este documento es registrar toda la información y detalles de en relación a una actividad criminal que pueda requerir una investigación policial, además de proporcionar información a las personas que se encargan de gestionar los datos personales y de asegurar que se toman las medidas administrativas y legales pertinentes.

USO HABITUAL: La información proporcionada podrá trasladarse a cualquier autoridad legal del contado o del estado, o a cualquier otra autoridad policial, para así investigar el caso y tomar las medidas legales que sean necesarias. La información que se extraiga de este formulario podrá utilizarse en otros procedimientos criminales relacionados.

LOS APARTADOS QUE NO HAGAN REFERENCIA A UNA OFENSA NO DEBEN COMPLETARSE

APARTADO I. ADMINISTRACIÓN

FECHA AA/MM/DD	HORA (24 H)	INCIDENCIA RECIBIDA
1995/08/14	22:32	☒ En persona ☐ Por alarma ☐ Por teléfono ☐ Por llamada al 911

APARTADO II. DENUNCIANTE

	NOMBRE Marcia	SEGUNDO NOMBRE Jane
APELLIDO Tillman	CIUDAD Raven Brooks	ESTADO MO / CÓDIGO POSTAL 55555
DIRECCIÓN 31 Sixth Street		

OFENSA PRESENTADA

FECHA DEL INCIDENTE AA/MM/DD	HORA DEL INCIDENTE (24 H)	ESTADO
1995/08/10	18:02	☐ TENTATIVA ☒ CONSUMADO

DESCRIPCIÓN DE LA OFENSA

Dos menores de 12 años han gastado una broma pesada que ha acabado dañando el sistema de sonido/comunicación de la tienda ecológica de la señora Tillman. Se estima que el valor del sistema de sonido equivale a 5.000$. No se presentarán cargos, ya que los padres de los perpetradores se han comprometido a reemplazarlo.

APARTADO III. PERPETRADORES

	NOMBRE Aaron	SEGUNDO NOMBRE James		MENOR
APELLIDO Peterson	CIUDAD Raven Brooks	ESTADO MO	CÓDIGO POSTAL 55555	☒
DIRECCIÓN Jardín Encantador, 910	NOMBRE Nicholas	SEGUNDO NOMBRE Michael		
APELLIDO Roth	CIUDAD Raven Brooks	ESTADO MO	CÓDIGO POSTAL 55555	☒
DIRECCIÓN Jardín Encantador, 909				

suficiente para pagarlo? Ni siquiera me veo capaz de pedirle disculpas a la señora Tillman.

Miro a Aaron, pero está esquivo y distante.

Nuestros padres llegan a la vez, y por fin se conocen oficialmente, con el agente Keith entre ellos, explicándoles que deben unos cinco mil dólares a la señora Tillman en concepto de unos altavoces nuevos, narrándoles lo ocurrido con todo lujo de detalles y deshonrando nuestra maquiavélica broma pesada. Su descripción me decepciona, pues despoja de toda magia a nuestro plan y hace demasiado hincapié en lo ofensiva que ha sido.

Mamá y la señora Peterson intercambian miradas cómplices. No puedo evitar fijarme en ellas; parecen la misma persona, una madre fuerte y cansada y enfadada, y poco sorprendida. Papá está detrás de mamá, con los brazos cruzados sobre el pecho. El señor Peterson, en cambio, está junto a Aaron. Es la primera vez que percibo una pizca de miedo en la mirada de Aaron.

Quiero despedirme de Aaron, pero tengo la impresión de que sería lo peor que podría hacer en ese momento. Me arrepiento de no haberle dicho adiós en cuanto entramos en el coche porque las primeras palabras que salen de la boca de mamá, son:

—En fin, espero que te hayas divertido con tu amiguito, porque no vas a volver a verle.

—¡Mamá! ¡No es justo!

—¿Quieres que hablemos de lo que es justo? Pues bien, pensemos qué podemos comprar con la prima que he ganado este mes. Adivina, adivinanza. ¿Crees que va a ser una lavadora?

—No —murmuro, y me froto el moretón de la mano, donde ese crío me dio un mordisco.

—Oh, ¿crees que vamos a contratar televisión por cable, para que así puedas ver todas esas ridículas películas que llevas meses pidiéndome, suplicándome de rodillas, que te deje ver?

No respondo.

—¿No? Anda, pues tienes toda la razón. Porque con el dinero de esa prima vamos a tenerle que comprar a la señorita Namaste un sistema de sonido nuevo para que así pueda vender más cristales de ochenta dólares a imbéciles que no ven lo pretenciosa…

—Lu —susurra papá, y mamá se tranquiliza de inmediato, pese a no tener motivos para hacerlo.

Qué desastre. Por mi culpa, mamá va a tener que darle dinero a una mujer que menosprecia a personas como nosotros. Y, para colmo, no tengo ni la más remota idea de cuándo voy a poder quedar con Aaron de nuevo.

Se suponía que esta noche iba a ser épica. No recuerdo haberme reído tanto como la noche en que grabamos esa colección de pedos y flatulencias para el sintetizador en casa de Aaron. No entiendo cómo es posible que llegáramos a creer que había sido una idea brillante.

Estoy triste. Y hundido. No recuerdo haber estado tan deprimido y decaído, ni siquiera cuando murió mi abuela. Ni siquiera cuando me zampé una lata entera de SpaghettiOs caducados y creí que iba a morir por una intoxicación alimentaria. Ni siquiera cuando tuvimos que hacer las maletas e irnos de mi ciudad favorita, el único lugar en el que, por milagro divino, logré integrarme sin problemas.

No creo que exista peor sensación que volver a casa con tus padres repitiéndote una y otra vez que les has fallado, que les has decepcionado. Me siento fatal.

Ah, sí. Sí existe una sensación peor que esa: que te prohíban ver a la única persona que has conocido en tu vida que puede entender qué se siente al estar totalmente solo en el mundo.

Sí, esa es la peor sensación.

CAPÍTULO 13

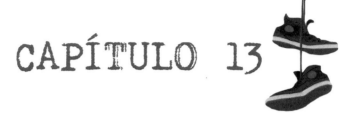

Después de una semana encerrado en casa, sin televisión, sin juegos, sin postre y sin ningún contacto con el exterior, creo que me he convertido en una bestia salvaje. Hace varios días que no subo las persianas de mi habitación y, cuando se me permite salir de esa jaula para comer o cenar, la luz siempre me resulta cegadora. Me he duchado dos veces. Me he hartado de protestar y de quejarme por el castigo al que me tienen sometido y no me ha quedado más remedio que aceptar la situación. Creo que esa pasividad es lo que está desgastando a papá. Tiene que terminar un proyecto este fin de semana y verme de morros todo el día le pone de los nervios, así que ha optado por jugar la carta del padre majo, del padre colega.

Y eso me desquicia. Que tus padres intenten hacerse amigos tuyos ya es bochornoso de por sí, pero si encima tu padre lo llama «cita de juegos» ya es para morirse de vergüenza.

—Papá, respóndeme en serio. ¿Sabes cuántos años tengo?

—Ya sabes que no lo decía en sentido literal —se defiende mientras da un último repaso a la primera prueba de edición del periódico de mañana, con un lápiz rojo apoyado tras la oreja y otro guardado en el bolsillo de la camisa.

—Porque no me he quitado el resfriado de encima. Y acabo de despertarme de la siesta. Y ya sabes lo gruñón que me pongo después de una siesta.

—Vale, Narf. Ya lo pillo. Eres un erudito irascible y cascarrabias, un hombre hecho y derecho, un adulto culto con intereses adultos y cultos. Ya no «juegas» con tus amigos, sino que…

No sabe cómo acabar esa frase, lo cual le sorprende y le inquieta al mismo tiempo.

—¿Qué diantres hacéis los seres humanos de tu edad?

Me escudriña con la mirada en busca de respuestas, pero ninguna parece la correcta. Y papá también lo sabe. Está entre la espada y la pared: si sigue sometiéndome a ese interrogatorio de tercer grado, no conseguirá entregar la edición a tiempo.

—Hazme un favor —dice—. Llama al hijo de Miguel y queda con él. Si no te cae bien, te prometo que te daré un Twinkie.

Un Twinkie. Papá no se anda con chiquitas. Está sacando la artillería pesada.

Y precisamente por eso subo la apuesta.

—Dos Twinkies —propongo, y papá arquea las cejas—. Lo que oyes, vaquero.

Ahora papá sabe que yo también he sacado la artillería pesada. Quiero demostrarle que me muero de ganas de hacer algún amigo en esta ciudad.

—Tenemos un trato —sentencia papá.

* * *

Los Espósito viven a unas tres manzanas de distancia, en el vecindario más nuevo de la ciudad. Intento ignorar las punzadas de envidia que me asaltan siempre que veo esos jardines con arbustos perfectamente podados y parterres llenos de flores de colores y fachadas recién pintadas. Es bastante probable que los Espósito no vivan de alquiler, sino en su propia casa. Ya puestos, supongo que pueden pintarla del color que les venga en gana, o hacer agujeros en las paredes para colgar cuadros y fotografías. Y, por qué no, imagino que podrían montar una canasta de baloncesto o hacerse una piscina en el patio trasero.

Me pregunto si es demasiado tarde para odiar a Enzo. Fue muy majo conmigo el día que lo conocí, en la plaza, pero tal vez su padre le animó a que se apiadara de mí, el pobre niño nuevo que acababa de mudarse a la ciudad. Y entonces abre la puerta.

—Bonito sombrero —dice; acaba de arruinarlo todo porque se está portando bien conmigo. Otra vez.

Enzo me invita a pasar y me acompaña hasta la cocina. La casa es de nueva construcción y bastante grande, pero no tiene los muebles de diseño y las alfombras blancas que imaginaba. El sofá parece viejo y desgastado y el cuero está agrietado y deslucido. El suelo está forrado de baldosas de color rosa pálido que hacen que nuestras voces retumben cuando hablamos.

Enzo abre una bolsa de patatas y nos las zampamos en un santiamén.

—Mi padre me ha contado que una vez tu padre le hizo reír tanto que acabó vomitando —dice.

Y le creo. Mi padre siempre hace reír a todo el mundo. Es un tipo gracioso e ingenioso.

—Mi padre me ha dicho que tu padre obtuvo una beca extraordinaria en la universidad —digo con la boca llena de patatas.

—Fue una beca académica. Se va a llevar un chasco cuando se entere de que no soy tan listo como él.

Se echa a reír, así que yo también lo hago. Enzo es un bicho raro, de esos que son capaces de reírse de sí mismos y no sentirse avergonzados por unos resultados académicos mediocres. Hay algo indefinible que le protege del bochorno público. Creo que es una falta total de conciencia de sí mismo.

Enzo tiene una colección de videojuegos que muchos desearíamos. Es infinita.

Nos dejamos caer sobre dos pufs y empezamos con un juego de lucha libre. Nos insultamos como si fuésemos jugadores de baloncesto profesionales o cazadores de dragones o ninjas mitad humanos, mitad pájaros. Los dos sabemos que los insultos no cuentan, forman parte del juego y de la competición.

He perdido la noción del tiempo. Llevamos horas jugando. Me pican los ojos de la luz de la pantalla del televisor y los nachos con queso no dejan de repetirme.

—No creo que mañana pueda mover los pulgares —digo cuando Enzo noquea a mi personaje. Me echo hacia atrás y me froto los ojos.

—¿Y a quién más has conocido? —pregunta—. A ver, todavía no hemos empezado el instituto, así que las probabilidades de conocer a alguien son… escasas, por no decir nulas.

—Ya —digo—. Pues solo a Aaron y a ti, la verdad.

Enzo está pulsando los botones de su mando como un loco y no aparta la mirada de la pantalla. Aún no ha muerto. Su lagartija guerrera está ahogando a un hombre gato, o algo parecido.

—Hum —murmura; al principio creo que se trata de un «Hum» distraído, pero cuando su lagartija muere, él sigue con los ojos pegados a la pantalla, sin empezar otra partida, así que intuyo que ese «Hum» sí tiene algo que ver con Aaron.

—No te cae bien, ¿verdad? —le pregunto. Me siento un poco incómodo al habérselo soltado así, de forma tan directa y sin rodeos, pero creo haber hecho dos grandes amigos en Raven Brooks y, para qué mentir, me encantaría que se llevaran bien o que, al menos, no se odiaran.

Y si Enzo le ha pillado tirria a Aaron porque no es un niño rico como él, que se vaya a freír espárragos. Él, y su impresionante colección de videojuegos.

Por lo visto mi pregunta también lo ha incomodado, lo cual es una buena señal; puede que sea un capullo frívolo y superficial, pero al menos no se siente orgulloso de ello. Deja el mando sobre la mesa, pero no despega la mirada de la pantalla, sobre la que solo se lee el título del videojuego.

—Mi hermana pequeña, Maritza, es de la misma edad que Mya —responde Enzo. Ni siquiera sabía que Enzo tuviese una hermana—. Solía quedar cada dos por tres con Mya y Lucy —añade, y me mira de reojo—. Ya sabes, la niña que…

Asiento con la cabeza, y pienso en la fotografía del periódico del Club de jóvenes inventores Manzana Dorada. La tercera niña de la instantánea. En el pie de foto había leído su nombre, Maritza.

—Eran inseparables, así que, como hermanos mayores, teníamos que cuidar de ellas y acompañarlas a todas partes. Y así fue como empezamos a pasar tiempo juntos.

—Bien —digo, en un intento de allanarle el camino y animarle a lanzar la bomba que no parece atreverse a soltar. Si recapitulo la historia, no consigo encontrar ningún detalle macabro. La hermana de Enzo es la tercera cría de la foto y, hace años, solía jugar con Mya y con una niña que ya no está viva.

—Matábamos las horas en la zona de obras del parque. Pasábamos allí tardes enteras. Las niñas se morían de curiosidad por saber cómo funcionaban las atracciones. Les gustaba tanto pasearse por ahí que incluso el padre de Aaron se inventó ese Club de jóvenes inventores para ellas. A mí me pareció una idea genial. Pero a Aaron… —dice, y presiento que la bomba está a punto de estallar. Es como si el aire se hubiera vuelto más pesado—. No sé cómo decirlo —continúa—. Fue como si Aaron no quisiera que formaran parte del parque, ni que se acercaran a su padre. No sé… me daba la sensación de que no quería a su padre —explica Enzo, aunque presiento que no es lo que realmente quería decir.

—¿Crees que le tenía miedo? —me atrevo a preguntar. Siento que estoy traicionando a Aaron, pues no está ahí para defenderse, ni para explicarse.

Enzo abre los ojos como platos, lo que significa que he acertado.

—Después de que Lucy… —empieza; toma un sorbo de refresco y retoma la historia—. La relación se volvió muy rara. Me acuerdo de llevar a Maritza a su casa, para que pasara tiempo con su amiga, pero la bienvenida no fue muy calurosa que digamos. Era como si Aaron y Mya no quisieran que estuviéramos allí.

No esperaba ese cambio de rumbo en la historia. Se supone que Enzo se había alejado de Aaron porque era más pobre que una rata. ¿Por qué Aaron habría querido distanciarse de un chaval tan majo como Enzo?

—Pero lo que me sorprendió más fue lo que el señor Peterson le dijo a Maritza. Fue espeluznante. Cada vez que lo recuerdo, se me pone la piel de gallina.

Se me revuelven las tripas porque creo que empiezo a entender lo que pasó.

Trago saliva, pero sigo con la garganta seca.

—Estábamos todos en la cocina, pero él se las ingenió para encontrarse con mi hermana en el pasillo, a solas. No me lo contó hasta que llegamos a casa. Y, desde ese momento, no hemos vuelto a quedar con Mya ni con Aaron.

No sé si realmente quiero saberlo, pero decido preguntárselo y salir de dudas.

—¿Y qué le dijo?

Y, por primera vez en toda la tarde, Enzo me mira directamente a los ojos.

—Dijo: «¿Viste cómo volaba Lucy? Parecía un ángel».

El silencio es sepulcral. Es como si alguien se hubiera tragado todo rastro de sonido. Lo único que oigo es el ventilador de la agotada consola de videojuegos de Enzo. La escena de la batalla de la lagartija guerrera se repite en la pantalla, ajena a que la lucha ya ha terminado. Ya no sé a quién debo defender. ¿A Aaron? ¿A Enzo? ¿A Mya?

«¿Y qué hace que una persona sea mezquina, entonces?»

«Alegrarte cuando ocurren desgracias o cosas malas.»

Una cosa está clara. Cada vez me cuesta más defender al señor Peterson. Al parecer, es todo un especialista en meter la pata, sobre todo en lo que a comentarios fuera de lugar se refiere. Es incapaz de decir lo correcto en el momento correcto.

Tal y como me temía, algo ocurre en la casa de los Peterson.

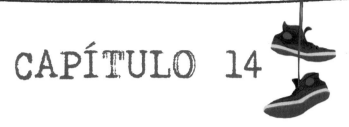

CAPÍTULO 14

Técnicamente, no estoy rompiendo las normas.

Es lo que me repito al menos veinte veces mientras me abro camino entre el bosque y bordeo los arbustos y malas hierbas que crecen alrededor de la fábrica Manzana Dorada.

No me dirijo hacia allí porque quiera ver a Aaron. De hecho, ni siquiera sé si va a estar allí. Pero después de una semana de penitencia, después de pasar siete días y siete noches desterrado en mi habitación, lo último que me apetece es volverme loco de aburrimiento. A ver, hablando en serio, ¿qué esperan mis padres de mí? No puedo pedirle a Enzo que pase todo su tiempo libre conmigo. Y, además, está en San Diego, visitando a sus primos. Si lo piensas bien, no me queda más alternativa que dar un paseo por la fábrica en la que he pasado la mitad del verano. Y, si por casualidad me encuentro con Aaron, ¿qué culpa tengo?

Ni siquiera yo estoy convencido de que sea buena idea, pero ¿quién dice que mis padres se vayan a enterar de que me he ido de casa sin pedirles permiso? Están demasiado ocupados haciendo la pelota a la gente importante de la ciudad, gente como Miguel, o la familia Park, la encargada de recaudar fondos para el hospital infantil, o el interventor de la ciudad, cuyo trabajo ni siquiera sabía que existía. Así que, mientras se codean con la flor y nata de Raven Brooks, no se darán cuenta de que he salido unas horas.

Están obligándose a relacionarse con la gente influyente de la ciudad para que todos olviden que estropeé el sistema de sonido de la señora Tillman.

—Ya lo sé, ¿vale? —digo, pero utilizo un tono tan alto que hasta una bandada de pájaros sale volando de los árboles que me rodean. Estoy a un paso de la fábrica, por lo que sería una tremenda tontería echarse atrás justo ahora. Lo único que quiero es echar un vistazo, nada más. Si resulta que Aaron está aquí, será el momento perfecto para arreglar ciertos temas. Y no pretendo «arreglar» esos temas dialogando y debatiendo y cediendo, sino a puñetazo limpio. Todas las noches me acerco a la ventana de mi habitación y le hago señas con la linterna, pero desde la debacle de la última broma que gastamos a la señora Tillman, no ha vuelto a subir la persiana de su cuarto.

Entro en la fábrica. Está totalmente desierta. Allí no hay ni un alma. Hasta las ratas parecen haber huido de allí.

—Sé lo que estáis pensando —murmuro a los fantasmas de las ratas.

En cuanto he puesto un pie en ese edificio he sentido que estaba traicionando a Aaron. Este es su lugar, no el mío. Quiso mostrármelo y compartir ese espacio sagrado conmigo, pero no está ahí, conmigo, para disfrutarlo. Lo más seguro es que esté encerrado en su casa, reflexionando sobre lo que hizo, igual que se supone que estoy haciendo yo. Todavía estoy enfadado con él, pero no puedo evitar sentirme culpable.

Me encaramo a la cinta transportadora y me entretengo ahí un buen rato, hasta que me harto. Después de eso decido tratar de forzar algunos de los candados que no logramos abrir la última vez que estuvimos allí. Me aburro enseguida, y se me ocurre la brillante idea de ver una película en el Despacho. Tardo un poco más que Aaron en abrir las cerraduras de ese laberinto de puertas, pero al final lo consigo. Busco la linterna y la utilizo para guiarme. Hurgo en el archivador hasta encontrar una bolsa de patatas con sabor a cebolla frita y una última lata de refresco. Siento una punzada de remordimiento al abrir la lata sabiendo que es la última, pero me prometo a mí mismo que la repondré antes de que Aaron se dé cuenta de que falta.

Hurgo un poco más en el cajón y, en el fondo, doy con un tesoro inesperado, una cinta VHS con unas palabras escritas en el dorso. Enseguida reconozco la caligrafía, es la de Aaron.

—Imposible. ¡*Colmillo 3*!

Es, de lejos, la mejor entrega de la saga Colmillo. Me parece un milagro que Aaron lograra grabarla en vídeo. El personaje principal de la película, un mutante psicópata con un único colmillo que se dedica a aterrorizar a un grupo de adolescentes «inocentes» y populares, no fue un éxito de taquilla, por lo que solo se emitieron tres entregas.

Aaron debía de tener una cinta preparada cuando estrenaron la película en televisión. Me apalanco en el sillón y me trago una gloriosa hora y media de carnicería, sangre y vísceras; tan solo paro para adelantar los anuncios de hace cinco años.

Mi pulgar se cierne sobre el botón de adelantar del mando a distancia y, de repente, advierto una imagen distinta, la de un telenoticias. La presentadora, una mujer vestida con una americana azul eléctrico, sonríe de oreja a oreja y, a sus espaldas, se emite la imagen de una gigantesca carpa a rayas doradas y rojas. «No se pueden perder el programa de esta noche. Hemos logrado colarnos en el parque de atracciones de Raven Brooks, un parque que promete aventuras y diversión durante todo el año, ¡el Parque de atracciones Manzana Dorada! El exclusivo anticipo, en Globe Five a las diez en punto, ¡les esperamos!».

Y, de golpe y porrazo, ya no me apetece seguir viendo a Smiley devorando adolescentes con su único y mortal colmillo. Tenía un nudo en el estómago por lo que había hecho en la tienda de la señora Tillman, pero ahora tengo náuseas. Creo que voy a echar la pota. Tal vez sea porque me he atiborrado a patatas. O tal vez por ese olor a rancio que impregna la fábrica Manzana Dorada y que no había notado hasta ahora. O tal vez sea por los gases, o por el moho. Me apuesto mis ahorros a que este lugar está rociado con pinturas con plomo.

Pero tengo la corazonada de que no es nada de eso. Es por la culpa, que me está consumiendo por dentro.

Dejo a un lado el mando a distancia y me levanto para apagar el reproductor de vídeo cuando, de repente, la película termina y empiezan a aparecer los créditos. Aaron debió de dejar de grabar justo ahí, porque la pantalla se vuelve negra pero, un segundo después, veo la imagen de Diane Peterson. Lleva un vestido amplio y vaporoso y luce una melena más larga que ahora. Se la ha recogido en un moño informal y despeinado y lleva unas sandalias de cuero. Luce unas piernas largas y firmes, y se mueve con la elegancia de una bailarina. Se desliza a un lado, y después hacia el otro. Esboza una tímida sonrisa y eleva la pierna hasta una altura increíble. Da vueltas como una peonza por la habitación, a pesar de que no suena la música. El único sonido proviene de los pasos que da mientras baila. Me fijo en el suelo y enseguida caigo en la cuenta de que es el suelo de su comedor. Me acerco a la pantalla y reconozco el sofá verde desgastado y raído en el fondo. Alguien está tumbado sobre él. Sé que es Aaron por su postura: está encorvado hacia delante y tiene los hombros encogidos, como si creyera que alguien fuese a atacarlo por la espalda. Es lo único que puedo ver porque su rostro está demasiado borroso.

—Aquí está, damas y caballeros, la legendaria Diane Peterson, la elegancia de Raven Brooks, el espíritu de los bosques, el hada de la danza —susurra la persona que está grabando el vídeo. Reconozco su voz de inmediato: es Mya.

—Oh, ratoncito, vas a hacer que me maree —protesta la señora Peterson, pero no deja de bailar. De hecho, sale corriendo de la esquina del comedor y, con la agilidad de una garza, hace una pirueta en el aire; parece que las alabanzas de su hija la animan y la alientan a seguir bailando. Cuando se grabó esa cinta Mya no debía de tener más de cinco años, pero ya a esa edad apuntaba maneras, pues su vocabulario era mucho más extenso y rico que el de la mayoría de chavales que le doblan la edad. Es como una mujer adulta atrapada en un cuerpo de niña.

—¡Haz el salto del ciervo, porfi! —le ruega Mya desde detrás de la cámara. La señora Peterson complace la petición de su hija; inspira hondo, coge impulso y da un brinco espectacular. Aterriza con cierta torpeza, pero nadie puede negar que es una artista de los pies a la cabeza y que no va a defraudar a su público, su adorado público, por lo que no muestra ni un ápice de dolor o decepción. Oigo las risitas de júbilo de Mya porque imagino que debía de tener los labios pegados al micrófono de la videocámara, pero también se percibe una melodía que tararea la señora Peterson. Es su propia banda sonora.

Reconozco la canción a la primera; es la misma melodía que canturreaba mientras extendía las sábanas en la litera inferior aquella noche en que me quedé a dormir en casa de Aaron, una música que le traía recuerdos de una época más feliz.

Se oye un crujido fuera de cámara y, de repente, una voz masculina retumba en la habitación. La voz desprende una felicidad y alegría infinitas, y también tararea esa canción.

Y es entonces cuando el señor Peterson entra en escena. Es un armario empotrado, como ahora. Y luce ese bigote enroscado, como ahora. Pero se ve mucho más joven, mucho más tranquilo y relajado. Las cargas y responsabilidades de su mundo todavía no habían empezado a hacer mella en él.

—*Mademoiselle*, ¿me concede este baile? —pregunta; se inclina en una pomposa reverencia ante la señora Peterson y extiende la mano. Ella la acepta con cautela, tal vez incluso con indecisión, pero cuando su marido le da un par de vueltas, ella sonríe, y oigo la risa alegre de Mya detrás de la cámara.

La señora Peterson continúa tarareando la melodía mientras el señor Peterson se desliza por la habitación con paso inseguro y tosco, pero su expresión es resplandeciente.

En el fondo veo que Aaron se levanta del sofá para buscar algo entre los libros apilados en una estantería. Después se agacha frente al cajón de una cómoda y juguetea con algo antes de volver a apoltronarse en el sofá.

Las notas de una canción entran de puntillas en el salón y la señora Peterson deja de tararear. La música instrumental llena el ambiente y la señora Peterson no parece darse cuenta de que se ha quedado bailando sola.

El señor Peterson se ha plantado en mitad de la habitación y tiene la mirada clavada en la mujer que, hasta hace unos segundos, sostenía con tanta ternura y admiración entre sus brazos. Ahora parece decepcionado por lo que está viendo. Y, de repente, se vuelve hacia Aaron, que sigue sentado en el sofá.

—¿Por qué has hecho eso?

—No... No lo sabía.

El señor Peterson da un paso hacia delante, acercándose un poco más a su hijo.

—Oh, por supuesto que lo sabías —replica y, aunque no puedo verle la cara, sé que está apretando los dientes. Y, aunque tampoco puedo ver la cara de Aaron, sé que está muerto de miedo—. Lo sabías porque tú nunca das puntada sin hilo. Siempre estás vigilando, observando —añade el señor Peterson, y la imagen empieza a sacudirse, por lo que intuyo que Mya está temblando.

El señor Peterson da un paso atrás, se gira hacia la cómoda, saca la cinta y la arroja a la otra punta del salón. La cinta se estrella contra la pared y se rompe en mil pedazos.

—Cariño, quizá deberías tumbarte un ratito en la cama —propone Diane, y se acerca a su marido con suma cautela, como si fuese un perro rabioso.

Él no despega la mirada de su mujer. Se siente traicionado. Sus monstruosos hombros se desploman y empieza a sacudir la cabeza, desesperado.

—No lo entiendes. No lo entiendes en absoluto.

—Sí, cariño, sí lo entiendo. De verdad. Es solo que... creo que a lo mejor necesitas descansar un poco...

171

—¡Siempre con lo mismo! ¿Por qué te empeñas en decir que necesito descansar? ¡Es lo único que hago, descansar! No puedo descansar si mi cerebro está…

Empieza a zarandear los brazos y a dibujar círculos alrededor de su cabeza. La señora Peterson se encoge y oigo que la respiración de Mya se acelera tras la cámara.

La señora Peterson está nerviosa. Por cómo está apretando los labios, intuyo que está estrujándose los sesos intentando encontrar algo que decir. Por lo visto, no se le ocurre nada apropiado para la ocasión, así que, de repente, se lleva las manos al pecho y suelta una carcajada que no suena en absoluto alegre o divertida.

—Lo entiendo —repite, y alarga un brazo tembloroso hacia el hombro de su marido, pero él lo aparta de un manotazo y, aunque se acerca un poco más a ella, sigue rígido como una estatua.

—No, no lo entiendes. Nunca lo has entendido.

La señora Peterson no dice nada. Se queda muda y, de pronto, la bailarina esbelta y elegante y refinada empieza a languidecer, a hacerse pequeñita. El señor Peterson se da media vuelta y sale de escena. Se oye un portazo.

Mya empieza a lloriquear. La señora Peterson se lleva una mano a la boca y se vuelve hacia la cámara. Se acerca a su hija, se agacha frente a ella y la abraza para tratar de consolarla. Su melena tapa la mitad de la imagen. Unos segundos después, por fin el objetivo de la cámara enfoca la escena y se ve el sofá y la silueta de Aaron sobre él. Casi había olvidado que Aaron estaba ahí, presenciando todo lo ocurrido. Pero en ningún momento se ha movido.

Y sigue sin moverse. Sigue sentado en el sofá, mirando a su hermana y a su madre, sintiendo el peso de la culpabilidad sobre él. Pero su rostro es como una máscara.

Su expresión es glacial.

No sé muy bien qué espero ver en ese momento. Quizá algo parecido a lo que imagino que puede leerse en mi cara ahora mismo: el convencimiento de que el señor Peterson está como una cabra.

Pero hay algo más. El hecho de que el señor Peterson esté chiflado no es nada nuevo, la verdad. Lo que mi mente retorcida no habría concebido nunca es que estuviera chiflado cuando construía el parque de atracciones Manzana Dorada.

Y toda su familia lo sabía.

Fuera hace un bochorno horrible, a pesar de que el sol ya se ha puesto. Sin embargo, de camino a casa, no puedo dejar de temblar. Siento el rasguño de cada aguja de pino en la piel, cada gota de humedad que se forma en el aire. Y sobre todo siento un frío punzante y helador en la espalda del que no consigo deshacerme en toda la noche.

CAPÍTULO 15

Quien diga que no tiene miedo a la oscuridad miente. Quien diga que no le asusta estar en un parque de atracciones abandonado en mitad del bosque, y totalmente a oscuras, miente. Como un bellaco.

Es imposible saber en qué punto acaba el parque de atracciones Manzana Dorada y empieza el bosque. Se podría decir que en ese paisaje se advierte cierta confrontación, tipo «parque temático versus árboles», pues las ramas se asoman entre los animales del carrusel y las enredaderas han empezado a ocupar las ruinas de las taquillas y de los puestecillos de juegos y premios. La luz de la luna ilumina el claro del bosque, por lo que puedo caminar por él sin tropezar o caerme de bruces. Sin embargo, la camiseta se me engancha con varios tornillos y diversos engranajes; las tripas de las máquinas que en otra época dirigieron este lugar están totalmente expuestas.

Se supone que nadie debería ver esta parte del parque, pienso para mis adentros.

A la gente le incomoda ver con sus propios ojos que sus coches y aparatos eléctricos funcionan gracias a un embrollo de cables y engranajes incomprensibles. Un tornillo suelto, y todo se derrumba. Por lo que no queda más remedio que confiar ciegamente en la profesionalidad y precisión de los ingenieros que los diseñan. Y confiar en que el ingeniero en cuestión no esté como una chota.

Compruebo la hora. Llego diez minutos más pronto de la hora acordada.

—¿Qué estoy haciendo aquí?

Lo pregunto en voz alta y, al oírme, me doy cuenta de que ir hasta ahí ha sido una idea absurda y estúpida. ¿En serio estoy tan desesperado por tener un amigo que incluso me escapo de casa a altas horas de la noche para encontrarme con Aaron justo un día después de haberme escapado de casa para dar un paseo por la fábrica?

Saco el trozo de papel arrugado del bolsillo y lo leo por centésima vez..

—¿A quién se lo voy a contar? —le pregunto a la nota.

Cada vez que leo esa nota, el agujero de mi estómago se hace más grande, más profundo. Hay tanta información que necesito saber, que necesito averiguar… sobre todo después de haber visto ese vídeo.

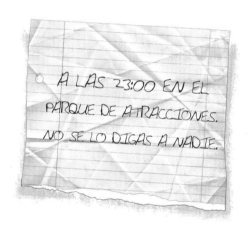

No es más que una suposición, pero algo me dice que Aaron está preparado para explicármelo todo. Al fin y al cabo, fue él quien me dejó la nota entre el enrejado de mi casa. Pero ahora que estoy ahí, esperándole en mitad de la oscuridad y con el frío del otoño que está a la vuelta de la esquina calándome hasta los huesos, empiezo a pensar que tal vez no me urgía tanto conocer las respuestas a todas mis incógnitas.

Enciendo la linterna para ver dónde voy. Me he puesto un jersey de lana, lo cual ha sido un tremendo error porque se me enganchan todas las ramas. Cuánto más lo pienso, más me enfado conmigo mismo por haber venido hasta aquí.

El tío ha pasado de mi cara durante tres semanas y, de la noche a la mañana, acepto quedar con él en un sitio que odia con toda su alma. Me resulta cuanto menos curioso que me haya citado justamente ahí; en su momento, casi tuve que suplicarle que me contara algo de él, pero no le saqué nada.

Aunque, pensándolo bien, no estoy enfadado. Estoy asustado. Sí, asustado como un niño pequeño.

—Tranquilízate, Nicky —me digo a mí mismo.

La pintura desconchada de las casetas de premios y el esqueleto descolorido de la noria chocan con las fotografías vívidas y resplandecientes de los artículos que ocupaban las portadas de los periódicos. Padres sonrientes y niños boquiabiertos haciendo cola el día de la inauguración. Me cuesta creer que este lugar estuviera tan concurrido y lleno de vida hace tan solo tres años.

Me cuesta creer que las cosas puedan marchitarse y pudrirse en tan poco tiempo.

La linterna parpadea y casi se me cae de las manos; por suerte, consigo atraparla en el aire antes de que aterrice sobre una mesa de pícnic doblada y ajada.

Las pilas deben de estar a punto de acabarse.

—Oh, genial. Lo que faltaba.

La he encendido tantas veces para leer la dichosa nota de Aaron que he debido de gastar las pocas pilas que le quedaban.

Se oye el crujido de una rama a mis espaldas y me vuelvo

linterna en mano, pero la luz que emite apenas ilumina el bosque. Unas nubes están tapando la luna, por lo que ni siquiera puedo vislumbrar las atracciones más grandes del parque. Todo está tan oscuro, tan negro, que me da la sensación de que solo veo manchas más oscuras, más negras.

Otro crujido, pero esta vez creo que proviene de una de las siluetas que veo delante de mí, aunque me cuesta determinar la distancia.

—¿Aaron? —llamo, pero mi voz suena ronca.

«Mantén la calma. No es más que un puñado de árboles y un montón de metal.»

Pero justo cuando abro la boca para volver a llamar a Aaron, el chirrido del engranaje oxidado de una máquina rompe el silencio sepulcral que reinaba en el bosque. Los engranajes rechinan y crujen y rompen todas las plantas que se han ido apoderando de ellas durante este tiempo. Y, de repente, tras un rugido atronador, el bosque cobra vida con el inconfundible sonido de la música de un carrusel. La mancha que tengo justo enfrente de mis narices empieza a cobrar forma y advierto unos postes recubiertos de purpurina que se mueven. Casi me da un infarto. Me agarro las rodillas porque no dejan de temblarme y no quiero caerme de culo ahí mismo.

—En serio, ¿Aaron?

Quiero convencerme de que es una tontería de la que me reiré al día siguiente, pero el corazón me sigue latiendo a mil por hora y no consigo tranquilizarme.

—Si lo que pretendes es que me mee encima, no vas a conseguirlo, tío. Soy como un camello. Una vez aguanté hasta dos días…

Hay alguien sentado sobre uno de los caballos. Al principio

creo que son imaginaciones mías pero, a medida que el carrusel da vueltas y más vueltas, la silueta se vuelve más clara. Sí, es una persona. Y no es Aaron.

No sé qué hacer. No sé si acercarme al carrusel o si salir corriendo en dirección opuesta. Y en ese preciso instante la melodía que marcaba el vaivén de los animales del carrusel empieza a ralentizarse. Las notas agudas del órgano se convierten en un eco grave y profundo. Las bestias se detienen y, justo cuando la música enmudece, se oye un chirrido metálico.

Doy un paso hacia el frente, luego otro. Me repito una y otra vez que no tengo nada que temer porque incluso la posibilidad más remota de que un niño esté jugando ahí, en mitad de la noche, no supone una verdadera amenaza. Después de todo, ¿quién tiene miedo de un crío?

¡Presente! Yo, claro está. Es imposible que un niño esté jugando solito en un parque de atracciones abandonado. Por mucho que le gusten los carruseles, es imposible.

—Ejem, ejem. ¿No deberías estar en casa durmiendo? No sé, podrías hacerte daño aquí —digo, a nadie en particular.

¿Por qué no consigo que mi corazón deje de latir a mil por hora?

—Yo, ejem, no voy a chivarme, ni a delatarte, pero puedes meterte en un buen lío, créeme —continúo.

Estoy delante del carrusel.

No obtengo respuesta. Respiro hondo y me subo al carrusel, tratando de convencerme de que, después de todo, sí es Aaron. Además, está demasiado oscuro para saber a ciencia cierta lo que he visto y los árboles y las sombras lo distorsionan todo.

Doy otro paso, y luego otro y, tras el tercero, choco contra un conejo metálico que tiene las patas traseras clavadas en el suelo del carrusel. Bajo la suave luz de la luna, sus ojos emiten un resplandor rojizo.

Por el rabillo del ojo veo que algo se mueve, pero enseguida me doy cuenta de que solo es el espejo que ocupa el centro del carrusel. Y la sombra que he visto era la mía. No hay ningún niño montado sobre un caballo.

—Has visto tu propio reflejo.

Sacudo la cabeza, avergonzado. Por suerte, estoy más solo que la una, así que no hay testigos que hayan presenciado tal humillación. Esta ciudad está consiguiendo que se me vaya la olla. Quizá no haya nada de raro o de extraño en Aaron, o en su familia, sino que simplemente tienen mala suerte. Muy mala suerte. Sí, es como si en algún punto de sus vidas hubieran pisado mierda, una mierda del tamaño de un elefante. Y si hay una familia que pueda entender eso, es la mía. Y tal vez todas esas desgracias han hecho que el señor Peterson acabe perdiendo la chaveta.

Y tal vez a Aaron ya no le apetece quedar conmigo para matar el tiempo.

Tal vez se sienta culpable por el incidente del sintetizador de pedos.

Pero justo cuando estoy a punto de autoconvencerme de que me he inventado esa estrambótica historia de Aaron, pienso en el carrusel. Es imposible que se haya puesto en marcha solo. Alguien ha tenido que activarlo.

Oigo un chirrido metálico a mis espaldas seguido de un golpe seco sobre el suelo. Las hojas secas y las ramitas crujen y se parten bajo las pisadas de un extraño.

Sin siquiera pensarlo, salgo disparado para huir de ese sonido. ¿Qué estoy haciendo? Si es Aaron, no pienso darle la satisfacción de que me vea corriendo despavorido, como si fuese un miedica.

Siento que me quedo sin aire y por un momento creo que voy a desmayarme, así que freno en seco y trato de recuperar el aliento. Además, no sé si estaba corriendo en la dirección correcta. Apoyo las manos sobre las rodillas, esta vez para intentar tranquilizarme. El corazón me martillea el pecho de tal manera que temo que vaya a explotarme. Cuando levanto la mirada, veo los raíles retorcidos y fundidos de la montaña rusa. Asoman por encima de las copas de los árboles más altos del bosque. Las ramas se cuelan entre los raíles para seguir su ascenso, desafiando el fuego que arrasó la mitad de los árboles. En lo más alto del recorrido, justo sobre el bucle, hay un único vagón, colgado de una forma precaria del raíl, pero negándose a soltarse. Entorno los ojos y advierto una hilera de manzanas doradas pintadas sobre el vagón, con unas sonrisas grotescas.

Sigo la trayectoria de los raíles, que descienden por una pendiente pronunciada hasta alcanzar casi el suelo. Una vez más, tengo que entrecerrar los ojos para lograr ver el vagón que se separó de los demás, como una gota de agua de la punta de un látigo. Se llevó por delante una carpa de circo y después se estrelló contra los árboles.

Todos creyeron que la pequeña había aterrizado en el suelo. ¿No fue eso lo que alguien dijo en uno de los artículos del periódico? Al final, tras buscarla por todas partes, encontraron el cadáver en un árbol. Me acerco lentamente al bosque, atravieso con mucho cuidado la maleza y los arbustos que, como el ave fénix, han resurgido de las cenizas. No quiero hacerlo, pero acabo haciéndolo. Miro hacia arriba. Esperaba ver un vagón con manzanas pintadas atrapado entre las ramas de un árbol y con el cuerpecito de una niña apretujado en el banco, todavía con el cinturón de seguridad puesto.

El tipo que la encontró dijo que daba la sensación de que estuviese durmiendo. Parecía tan tranquila, tan serena.

Oigo que alguien llora.

Al principio, creo que son imaginaciones mías. Creo que, entre la notita de Aaron, las historias que he leído sobre el parque temático y el lío de la broma pesada que le gastamos a la señora Tillman, he acabado desquiciado. Y no quiero ni imaginarme la bronca que me va a caer en cuanto mis padres se enteren de que no estoy en la cama.

Sin embargo, esos lloros son reales. Son débiles, pero los oigo.

—¡Hola! —grito.

Estoy empezando a hartarme de tanto sobresalto. Esta noche he cometido error tras error, y ya no puedo más. Lo único que quiero es meterme en la cama y dormir.

—¡Hola! O dejas de llorar o me dices dónde estás. Si no, me largo de aquí ahora mismo.

El lloriqueo para.

Espero, pero no oigo absolutamente nada.

—Bien —digo, aunque no es cierto. Sé que si ahora vuelvo a casa y me meto en la cama, no voy a pegar ojo en toda la noche porque no voy a dejar de darle vueltas a lo que he oído y he visto en el parque—. Está bien, última oportunidad. Aaron, si eres tú, que te jodan. Hablo en serio. Y si no eres Aaron, seas quien seas… —empiezo, pero no sé muy bien cómo continuar—. Si tienes miedo, no te preocupes. Es normal.

Yo también tengo miedo. Y lo he tenido desde el momento en que nos mudamos a Raven Brooks. Las mudanzas me asustan. Los cambios me asustan. Me da miedo no saber dónde sentarme a la hora del almuerzo, o qué ponerme el primer día de clase. Me da miedo decir una chorrada en voz alta, o reírme cuando no toca, o no reírme cuando sí toca. Me da miedo oler a rancio a pesar de haberme duchado dos veces porque nuestras casas siempre huelen a rancio o a otras personas. Y da igual cuántos ambientadores coloques por toda la casa, ese olor se te pega a la ropa y no hay manera de quitárselo de encima. Me da miedo que por fin consiga hacer un amigo de verdad y que después decida que yo no merezco tanto la pena. Hay gente que es tan extraña que nunca consigue hacer amigos.

—¿Qué te hace pensar que tengo miedo?

Es la voz de una niña, lo cual me desconcierta. Solo puedo pensar en Lucy Yi. Miro hacia arriba, hacia el árbol y, por un instante, juro que veo un vagón rosa, con un brazo colgando de un lado.

Noto una mano cogiéndome de la muñeca. Doy un brinco y aparto el brazo de esos dedos gélidos. Mi reacción ha debido de pillar por sorpresa a la intrusa porque me deja un rastro de arañazos en la piel. Un finísimo rayo de luz de luna se inmiscuye entre las ramas de los árboles e ilumina el rostro de la hermana de Aaron.

—Mya, pero ¿qué…? ¿Qué estás haciendo aquí? —espeto.

—Te dejé un mensaje —responde. Parece dolida y ofendida; esperaba que hubiera adivinado que había sido ella quien me había escrito la dichosa nota en el lugar secreto que solo su hermano conocía, o eso creía yo.

—De acueeeeeeerdo —digo mientras trato de asimilar que ha sido Mya, y no Aaron, quien me ha citado justo ahí a altas horas de la madrugada.

—Es papá —dice. Está claro que no va a andarse por las ramas—. Cada vez está peor.

Se me encoge el corazón. La nota del mes pasado, la pulsera con el colgante de la manzana dorada. Fue Mya quien me dejó todos esos recaditos.

—Desde que… —empieza, y mira a su alrededor. Sin intercambiar palabra, los dos alzamos la mirada y observamos la montaña rusa—. Cada vez está peor. Mucho peor.

Me froto las sienes. De repente tengo un dolor de cabeza horrible. Hasta hace solo unos instantes creía que esa noche no podía ser más extraña y confusa, pero Mya acaba de demostrarme que estaba equivocado.

—Lo sé —murmuro, como si estuviese al tanto de todo lo ocurrido. Aunque no esperaba ver a Mya esta noche, quizá ella pueda ayudarme a comprender qué debo hacer—. ¿Aaron está bien? He visto algunas cosas, y he oído otras,

183

sobre tu padre. Si no os sentís seguros, siempre podemos acudir a la policía…

—No —me interrumpe Mya—. Papá ya se metió en líos antes… con otros parques temáticos. Si la policía se enterara…

—Mya, no pienses en lo que pueda ocurrirle a tu padre. Tu madre, Aaron y tú… debéis estar a salvo.

—Nicky, no me estás escuchando —replica Mya.

—Sí te estoy escuchando, pero… —También estoy empezando a perder la paciencia—. ¡No sé qué quieres que haga!

Nunca he entendido a qué se refiere la gente cuando dice que a alguien «se le cae la cara», ya sea de vergüenza, de desánimo o de lo que sea. Me parecía una hazaña imposible que todos los músculos de las mejillas, boca y ojos pudiesen aflojarse, hundirse y caerse. Pues bien, esa es la cara que tiene ahora mismo Mya. Solo que su boca no parece floja y hundida. No, está apretando los labios. Y fuerte.

Y, de golpe y porrazo, toda esa tensión desaparece y se aleja un paso de mí.

—Eres igual que todos. No lo entiendes, ¿verdad? —pregunta, y debe de tener razón porque no entiendo qué he podido decirle que le haya molestado tanto. Todavía estoy un poco confundido por lo que ocurrió en la tienda de la señora Tillman y la cinta de vídeo que encontré en el despacho del señor Peterson, pero nada de eso importa ahora. Ya es demasiado tarde para borrar lo que he dicho de la memoria de Mya.

Se aleja un poco más, se da la vuelta y desaparece entre la negrura del bosque.

—¡Mya! —grito. Ninguno de los dos deberíamos estar merodeando por un lugar tan escalofriante como ese, y menos a esas horas de la noche. Puedo gritar a pleno pulmón, pero sé que no servirá de nada. Ni siquiera oigo sus pasos. Quizá ha cogido un atajo para volver a casa.

Tardo casi una hora en llegar a mi casa, al enrejado de la fachada. Trepo por los listones de madera con mucho cuidado. Mi peso hace que el enrejado cruja y golpee los tablones de la casa, y no quiero hacer demasiado ruido. Deslizo la ventana, coloco de nuevo la mosquitera y echo el pestillo. Me siento en el banco, apoyo la frente sobre el cristal y escudriño la casa de enfrente en busca de cualquier movimiento. Necesito saber que Mya ha llegado a casa sana y salva.

Observo la casa hasta que noto un escozor en los ojos y, al final, los cierro.

Esa noche vuelve mi sueño recurrente. Estoy en el supermercado, solo que esta vez estoy sentado en la parte delantera del carrito. Los pies me cuelgan y, cuando echo un vistazo abajo, veo que estoy a varios metros de altura. Estoy en la copa de un árbol y varias ramas me atraviesan el pecho. A esa altura, mis padres parecen dos hormigas que junto a varias docenas de hormigas más no dejan de chillar mi nombre.

Pero no puedo responder. No puedo decir una sola palabra. Y, tras unos segundos, dejo de oír sus gritos.

* * *

Abro los ojos. El dolor de cabeza sigue ahí, martilleándome las sienes. Por un momento creo que no he dormido en toda la noche; estoy empapado en sudor y me duelen todos los músculos del cuerpo, como si acabara de correr una maratón. ¿Es posible correr dormido?

Y entonces rememoro lo ocurrido anoche. Recuerdo a Mya y el carrusel y la eterna vuelta a casa.

Siento un dolor punzante en el coxis, y enseguida entiendo por qué. Porque me quedé dormido en el banco de la ventana, que está duro como una piedra, con la cabeza apoyada sobre el cristal. De hecho, todavía está empañado por mi respiración.

Un repentino e inesperado porrazo en la ventana me saca de mi letargo matutino. Suelto un gruñido y paso la manga por el cristal para quitar el vaho. Justo delante de mis narices, en lo más alto del enrejado, está el *Raven Brooks Banner*. Por lo visto, el chico de los periódicos tiene un lanzamiento potente pero poco preciso.

En general, el *Raven Brooks Banner* solo publica noticias y artículos relacionados con la vida cotidiana de la ciudad («Pescado del día en Dan's: lubina de los mares de Chile»), o con los grandes logros y espectaculares hazañas de sus habitantes («El fabricante de baldosas de Raven Brooks consigue la medalla de oro en un concurso de poesía»), o con tragedias («¡Se busca!: Border Collie precioso y cariñoso que responde al nombre de Tallarín»).

Sin embargo, esta vez la noticia que ocupa la portada es mucho más seria que un perro perdido. Y es así como me entero del accidente.

Después de un buen rato, mamá me llama desde la cocina.

—Narf, ¿puedes bajar a la cocina un momento?

Me arrastro por el suelo de la habitación y bajo las escaleras a paso de tortuga hasta llegar al vestíbulo. Me dejo caer en una de las sillas de la cocina, abatido. Papá ha traído su copia editorial del periódico, que está sobre la mesa. Mamá ha preparado gofres para desayunar. Se sienta a mi lado y apoya una mano sobre mi antebrazo.

—Tenemos algo que contarte. Y no son buenas noticias.

Sin apartar la vista del gofre, echo un chorro de sirope en cada uno de los cuadraditos. Quiero evitar a toda costa el contacto visual con mi madre. Presiento que está ansiosa por ponerme al día de los últimos acontecimientos.

—Esta mañana, el periódico ha aterrizado en el enrejado de la fachada —digo, y doy un mordisco al gofre, aunque lo último que me apetece hacer ahora mismo es comer—. Ya lo he leído.

—¡Oh! —exclama mamá, y después mira a papá como diciendo: «¿Y ahora, qué»—. ¿Quieres hablar de ello?

—No —respondo.

—Es solo que… en fin, creemos que es mejor hablar de lo ocurrido —prueba papá.

—Estoy bien —digo.

—Cielo, es normal que las cosas nos afecten. No te sientas obligado a estar bien siempre —dice mamá.

—Lo sé.

Y ahora es papá quien mira a mamá confundido, perdido. Están atascados. No saben qué hacer. Y lo mismo me pasa a mí. La madre de Aaron murió anoche y todavía no me he armado de valor para cruzar la calle y ver qué tal está mi amigo. Tengo el estómago revuelto desde que he leído el titular de la portada y todavía no se me han pasado las ganas de vomitar.

—El sábado se celebrará el funeral. Tu padre y yo vamos a ir. ¿Quieres venir con nosotros? Elijas lo que elijas estará bien.

«No.»

—Vale —digo.

CAPÍTULO 16

RAVEN 🌐 BROOKS 🌐 BANNER

Una vecina muere en un trágico accidente

La esposa del famoso diseñador de parques de atracciones fallece en un accidente de coche.

odo el mundo lleva comida al funeral. Se comportan como si fuese una especie de fiesta, con esos platos de papel que no sirven para nada porque son tan pequeños que ni siquiera cabe una ración de comida decente y con cazuelas a rebosar de comida casera que te sirves con cucharas que ya han utilizado otros comensales.

«Puedes devolverme la cazuela cuando quieras. Por favor, no te preocupes ahora por eso.» La gente suelta esa clase de estupideces. O: «Estaba preciosa, ¿verdad?», como si a nadie le resultara asqueroso y espeluznante vestir y maquillar a una muerta para que parezca sana y llena de vida. O: «Ha sido un funeral magnífico». No, no lo ha sido. Hacía un calor insoportable y el nudo de la corbata me ha irritado el cuello. Y no ha sido magnífico, ha sido triste. Por eso la gente no ha dejado de llorar.

—Nicky, pero qué elegante te has puesto —dice la señora Tillman que, de repente, parece haberse olvidado de que contrató a un abogado para que enviara una carta a mis padres exigiendo el pago de los daños que el sintetizador había provocado en el sistema de sonido de su tienda.

—Gracias —respondo, y me pongo de pie—. Voy a por más comida.

—Adolescentes. Os prometo que, si zampara como ellos, me daría un infarto aquí mismo.

Hasta entonces, en la casa de los Peterson reinaba un silencio educado; tan solo se oía el zumbido de murmullos y susurros. Pero, tras ese comentario, el silencio es absoluto. Se podría oír hasta el pedo de una ardilla.

—Lo siento. No sé en qué estaba…

—No pasa nada, Marcia. Tan solo te pido que bajes un poco el tono. Anda, vamos a ver qué tal están los niños.

Entro en la cocina y empiezo a abrir y cerrar cajones para que parezca que estoy buscando algo en concreto. Intento evitar miradas lastimosas y fúnebres. Poco a poco, la gente se va dispersando y por fin me quedo solo. Creo que jamás he estado solo en la cocina de los Peterson. De hecho, pensándolo bien, casi nunca he estado solo en esa casa. Es como si hubiera alguien espiándome siempre, observando todo lo que hacía; si abría una puerta, ¡*pum*!, aparecía el señor Peterson como por arte de magia. Si deambulaba por un pasillo que desconocía, enseguida me topaba con Aaron y me arrastraba hacia su habitación, o a la cocina. Incluso Mya parecía seguirme allá donde iba. En realidad, la única persona que no solía prestarme mucha atención era Diane Peterson.

Mamá y Diane tienen muchas cosas en común. Tenían muchas cosas en común. A mamá le hacen gracia los chistes que papá tilda de «clase baja» y siempre que se toma unas copas de vino tinto al día siguiente tiene migraña. Le gustan los gatos y odia los pájaros, y aunque asegure que le gustan los perros, creo que solo lo dice para que la gente no la tome por una especie de monstruo. Diane era igual. Solo que a ella le consumían sus pensamientos y perdía la noción de la realidad. Mi abuela siempre me advertía que no dejara que me pasara eso. Diane vivía aferrada al pasado, a aquella época en que Raven Brooks era un lugar amable y acogedor, en que podía charlar sobre vecinos que pululaban por ahí, y sobre los que ya no estaban. Se pasaba horas y horas parloteando sobre los viajes familiares a Londres y a Berlín y a Tokio, siempre invitados por grandes inversores que pretendían contratar los servicios del señor Peterson.

«Queríamos una vida más tranquila», había dicho Diane en una ocasión, y después esbozó una sonrisa llena de remordimientos. Ahora sé que estaba recordando las repercusiones de la repentina y macabra muerte de Lucy Yi.

Tras la ventana de la cocina veo a mamá y a papá. Están acurrucados en el jardín trasero, y están mirando por encima del hombro, para asegurarse de que nadie los está observando.

Seguramente estarán diciendo algo inapropiado, algo por lo que me echarían un sermón memorable. O quizá están tratando de asimilar que un día uno puede estar aquí, de camino al centro comercial con precios de fábrica que está a unos cincuenta kilómetros de la ciudad para comprar a Aaron y a Mya un abrigo nuevo y, de repente… desaparecer.

—Pobre cría. Imagínate tener diez años y perder a tu madre. Ni siquiera la he visto en el funeral.

La señora Tillman asoma la cabeza por la puerta de la cocina y, al verme, deja de hablar. Después mira a la mujer que, si no me equivoco, es la tía de Aaron.

—Lisa, te presento a Nicky —dice—. Es el amigo de Aaron. Son vecinos. Su familia se mudó a la ciudad este verano.

—Nick —corrijo, y la señora Tillman aprieta los labios—. Voy a buscar a Aaron.

No pretendía ser grosero, pero sé que mamá me habría dado un buen pellizco en el brazo si me hubiera oído. En estos momentos no me apetece fingir para hacer sentir mejor a los demás, y estoy bastante seguro de que la única persona que puede entenderme es Aaron.

Subo las escaleras y dejo el suave murmullo de lamentos a mis espaldas. El bochorno es sofocante, pero aun así el ambiente no está tan cargado como en la planta baja. Cojo aliento y me dirijo con paso firme a la habitación del fondo del pasillo. Pero para llegar allí no me queda más remedio que pasar por la habitación de matrimonio; me sorprende ver al señor Peterson ahí plantado, contemplando la cama. Está hecha, y me pregunto si la ha hecho esta mañana porque sabía que la gente vendría a verle después del funeral. O tal vez ni siquiera ha dormido en ella.

Está un pelín girado y por eso me da la impresión de que está observando la cama. Pero me fijo mejor y me doy cuenta de que no tiene la mirada clavada en la cama, sino en el espejo que hay junto a la cama. Sin embargo, dudo que esté mirando su propio reflejo. Creo que está mirando fijamente algo que puede ver en el espejo. Intento averiguar qué le tiene tan absorto y cautivado, pero estoy demasiado lejos como para verlo. Echo un vistazo a la pared que tengo a mi izquierda y no advierto nada especial, nada fuera de lo normal, nada que pueda haberle llamado tanto la atención. No está soñando despierto, ni está en la inopia. Qué va. Es evidente que está observando algo.

Y, de repente, siento que no debería estar ahí, que he invadido el espacio íntimo y privado de otra persona, aunque la verdad es que he pasado tanto tiempo en esa casa como en la mía. Quiero atravesar el pasillo a toda prisa y llegar a la habitación de Aaron lo antes posible, pero siento que, si rompo ese silencio, interrumpiré al señor Peterson, y lo último que quiero es molestarlo. Si no estuviera tan abatido y triste, pensaría que está rezando. Tiene la cara empapada en sudor y no deja de mover los labios, pero no entiendo una sola palabra de lo que dice.

Me doy la vuelta y me dirijo hacia las escaleras. La cocina ya no es un hervidero de gente, y puedo esperar ahí. Además, lo más seguro es que Aaron prefiera estar solo en estos momentos. A lo mejor Mya necesita comer algo. Por cierto, ¿dónde está Mya?

Y justo cuando voy a bajar el primer peldaño de la escalera, oigo que al señor Peterson le da un ataque de hipo.

—No —murmura.

Apoyo la espalda en la pared y estiro el cuello para tratar de ver su rostro en el espejo, pero desde la escalera no veo nada. Me arrastro hacia su habitación, muerto de miedo.

Me quedo justo donde estaba antes. Ahora el señor Peterson se está sosteniendo la cara como si le doliera y, de repente, empieza a estrujarse las mejillas de tal forma que se le enrojece la piel y parece que los ojos vayan a salírsele de las cuencas.

—No, por favor —dice, y su voz suena agónica y desesperada, como si fuese una súplica—. Solo te pido que... ¡por favor, para!

Abro la boca para decir algo. ¿Eso es lo que pasa cuando alguien sufre un infarto? ¿O un aneurisma? ¿O un colapso emocional? Me vuelvo hacia las escaleras, y vuelvo a arrepentirme de lo que le dije a Mya anoche. Su padre necesita ayuda y yo necesito avisar a alguien, pero no puedo dejarlo ahí solo y en el comedor no queda ni un alma.

En ese instante me parece oír una especie de chillido. Lo primero que me viene a la cabeza es el ratón que encontramos en el desván de la casa roja, pero el chillido se convierte en un rugido ronco y es entonces cuando caigo en la cuenta de que el señor Peterson está tratando de gritar.

Me doy media vuelta porque necesito descubrir qué es lo que el señor Peterson no puede dejar de observar y vigilar. En un abrir y cerrar de ojos, su cara se ha tornado flácida; deja caer los brazos, como si no tuviera fuerzas para sostenerlos y veo que tiene la mirada perdida.

Y justo cuando estoy a punto de salir disparado hacia las escaleras para pedir ayuda, advierto un destello blanco por el rabillo del ojo que llama mi atención. Aaron está ahí, al final del pasillo, con la camisa blanca por fuera del pantalón y la corbata perfectamente anudada. Me fulmina con la mirada, como si tratara de ver a través de mí y, por primera vez en mi vida, no se me ocurre qué decirle.

—Creo que tu padre ha…

Pretendía que fuese él quien terminase la frase, pero no musita palabra, tan solo sigue mirándome fijamente.

Vuelvo a probarlo.

—Me parece que no… ejem… que no está bien.

Aaron no sonríe, pero veo que entrecierra un poco los ojos. Espero que, como mínimo, se preocupe por el estado de salud de su padre, pero nada, sigue ahí plantado y quieto como una estatua.

Y, de repente, dice:

—¿En serio? Pues a mí me parece que está la mar de bien.

Doy varios pasos y me acerco un poco más a Aaron.

—¿Estás… estás bien?

Suelta una carcajada que no suena en absoluto divertida, y abre los ojos.

—Sí. Estoy perfectamente. De hecho, nunca he estado mejor. ¿Por qué lo preguntas?

—Lo siento… es que no sé muy bien qué decir —admito. Es evidente que está triste. ¿Quién no lo estaría en su situación?

—Ejem, ha sido un funeral muy bonito. Me refiero a que has dicho cosas muy bonitas —murmuro. Tal vez por eso la gente dice tantas chorradas después de un funeral. Es imposible encontrar las palabras adecuadas. Aun así, Aaron tampoco me lo está poniendo muy fácil. Apenas quedábamos antes de que su madre muriera. Y ahora el accidente. Por no mencionar lo que ocurrió con…

—¿Sabes dónde está Mya? —le pregunto. Aaron se queda en silencio. Está tan quieto, tan inmóvil, que por un momento creo que se ha convertido en piedra.

Y, al fin, dice:

—¿Por qué estás buscando a Mya?

Doy otro paso hacia adelante porque el resplandor que se cuela por la ventana está arrojando una sombra extraña en su rostro.

Quiero asegurarme de que está bien. Bueno, todo lo bien que se puede estar.

—Mya está… —empieza, y después traga saliva. Me invade el pánico. ¿Y si anoche no llegó a casa?

—Si ha pasado algo… A ver, por supuesto que ha pasado algo. Pero me refiero a que si había ocurrido algo antes… antes del accidente, puedes contármelo.

Aaron estira el cuello y su rostro vuelve a quedar oscurecido por las sombras. Prefiero no acercarme un paso más a él.

—Créeme, Nicky —dice—. No quieres saberlo.

Oigo un crujido detrás de mí y, de repente, noto que el tablón de madera sobre el que estoy se levanta un poco. Me giro y veo que el señor Peterson está ahí, a apenas unos centímetros de distancia. Su cara sigue como un tomate por los apretones y estrujones de antes.

Me aparto de un brinco. Ha sido una reacción instintiva, no pretendía hacerlo. Es que me había olvidado por completo de que estaba ahí.

—Aaron, baja y dile a todo el mundo que ya es hora de volver a casa —ordena el señor Peterson con voz glacial, sin ningún tipo de emoción en ella. Después vuelve a su habitación, pero esta vez sí cierra la puerta.

Me vuelvo hacia Aaron y durante un breve instante reconozco a la persona que tengo delante. Tiene los ojos inyectados en sangre y advierto un constante movimiento de su nuez, como si estuviera tragándose sus propias palabras, o sus lloros.

Pero cuando abre la boca, sus palabras suenan tan apagadas y severas como las de su padre.

—Hora de volver a casa.

No hace falta que me lo diga dos veces. No se trata de una indirecta, o de saber leer entre líneas. Me está diciendo alto y claro que me marche de ahí, que lo último que necesita es otro drama en su vida.

Quizá una amistad no se puede forjar a partir de piezas sueltas; para que la máquina funcione se necesitan todas y cada una de las piezas.

Y justo cuando estoy en mitad de la escalera, oigo que dice:

—Y, Nicky… no vuelvas por aquí.

CAPÍTULO 17

He toqueteado tantas veces la pulsera con el colgante en forma de manzana que ya ha empezado a dejar una mancha verdosa en mi piel. Es como si esperara que, por arte de magia, esa manzanita dorada se rompiera y me revelara un secreto, el mismo que Mya parecía dispuesta a contarme esa noche en el parque de atracciones. Lo más sencillo sería preguntárselo a Mya directamente pero, como era de esperar, no la he visto, ni a ella ni a ningún otro miembro de la familia Peterson desde el funeral. Ni siquiera los he visto en el jardín. Ni asomados a las ventanas. El coche del señor Peterson sigue en el garaje. No lo ha sacado ni un solo día. He cruzado la calle varias veces, pero cuando estoy frente al timbre, me entra el canguelo y vuelvo corriendo a casa. Me da miedo que sea el señor Peterson quien abra la puerta. O, peor aún, que aparezca Aaron y se enfade porque no me he preocupado por él.

Me dijo que no volviera por ahí.

Y con eso justifico el hecho de no tocar el timbre. Pero ¿esos arrebatos no forman parte del proceso del luto? Mi madre se quedó destrozada al enterarse de que mi abuela había muerto, y eso que no fue una muerte repentina, ya que llevaba varios meses enferma. ¿Lo más lógico no sería pensar que Aaron está hecho polvo, deprimido y abatido, y que puede decir cosas de las que después se arrepiente? ¿Un amigo de verdad no haría todo lo posible para ayudarlo y mostrarle todo su apoyo?

Sin embargo, la línea que separa el «hacer todo lo posible» y «pasarse de la raya» es muy fina y difusa.

No me siento orgulloso de cómo he actuado, de haberlo dejado totalmente solo en un proceso tan doloroso, de no haber estado ahí por y para él. Esa repentina ausencia de actividad en la casa de los Peterson me extraña a la vez que me perturba. Pero, por lo visto, a nadie parece sorprenderle que Aaron y Mya no hayan salido de su casa en las últimas dos semanas.

—Son momentos difíciles que suelen pasarse en familia —dijo mamá cuando le comenté que estaba un poco preocupado por Aaron.

—Es importante respetar su espacio, Narf —añadió papá.

Y la verdad es que he estado oyendo todo tipo de excusas.

En la tienda de productos ecológicos: «Aislarse de todo y de todos es lo mejor que pueden hacer ahora mismo».

En las paradas del mercado al aire libre: «Esa pobre cría debe de estar devastada. Adoraba a su madre».

En la universidad, mientras esperaba a mamá: «No sabría ni qué decirles, la verdad».

Al parecer, todo el mundo tiene motivos más que justificados para evitar a los Peterson, y ahora más que nunca. Llegados a este punto, ni siquiera me preocupan todas mis incógnitas, todas mis preguntas sin respuesta. Me conformaría con una tarde a base de barritas de chocolate Surviva y pestillos y cerraduras.

Pero yo no soy mejor que el resto de los vecinos de Raven Brooks; en lugar de armarme de valor y de dejarle una nota a Aaron en la ventana o en el buzón, estoy de camino a un espectáculo con Enzo.

Raven Brooks es un lugar bastante peculiar y, visto lo visto, el instituto también. Tienen una tradición futbolística ligeramente distinta al resto de colegios en los que he estado matriculado hasta ahora. Organizan un fiestón dos semanas antes de que comiencen las clases.

—¿Por qué los alumnos tienen tantas ganas de volver a clase? —pregunto, con cara mustia, aunque Enzo parece entusiasmado con la idea.

—Tío, ¿no te aburres? —replica. Camina demasiado rápido. Me cuesta seguirle el ritmo.

Qué va. «Aburrirme» no sería la palabra que utilizaría.

—Es que me cuesta entender que te apetezca ir hasta el campo de fútbol y animar a un puñado de jugadores que, si no estuvieran ahí dándole patadas a un balón, estarían dando collejas a diestro y siniestro a un alumno como yo.

Enzo me mira, extrañado. Juraría por los mismísimos Alienígenas que Enzo nunca se había planteado que somos un par de matados.

—¿Y por qué iban a querer darte collejas?

No tengo ni idea de qué responder a eso.

Llegamos al instituto. Está a rebosar de alumnos mucho mayores que nosotros.

—Explícame otra vez por qué este espectáculo no se celebra en nuestro colegio —digo. Se me ha revuelto el estómago y tengo náuseas. Es como el primer día de escuela, pero multiplicado por mil. Todo el mundo se conoce. Si Enzo se separa de mí, aunque sea un segundo, me perderé entre la multitud.

—Porque, técnicamente, los alumnos de secundaria no deberían estar aquí.

—¿Y aun así los alumnos de secundaria vienen? —pregunto, aunque hasta el momento no he visto a una sola persona que parezca tener doce años, como nosotros.

—Sí —responde Enzo, y me empuja hacia un grupo de chicos con la gorra del *Raven Brooks Ravens* echada hacia atrás.

—Quiero un buen asiento —dice, y se inmiscuye entre la gente hasta llegar a la primera hilera de gradas metálicas.

Pero todo el mundo sabe que solo los pringados se sientan en primera fila.

—¿Podemos sentarnos un poco más atrás? —suplico y, por milagro divino, encuentro un rincón escondido en el que podríamos escondernos y, si nos descubren, salir pitando de ahí. Tarde o temprano alguien se dará cuenta de que somos LITERALMENTE LOS ÚNICOS ALUMNOS DE SECUNDARIA en la fiesta de inicio de curso de un instituto para mayores de dieciséis.

—Shhhh —dice—. Está a punto de empezar.

Por qué tengo que estar en silencio es todo un misterio para mí. La cacofonía de gritos y chillidos que retumba en el estadio antes de que el equipo aparezca en el terreno de juego no es nada comparado con el ensordecedor estrépito de la banda de música; todos están engalanados con chaquetas púrpura y sombreros con plumas. Enzo se pone de pie, se lleva las manos a la boca y dedica un silbido agudo y estridente a la banda.

—¿No te parecen geniales? —pregunta con una sonrisa de oreja a oreja. No entiendo nada. La emoción se palpa en el ambiente. Pero no entiendo a qué viene el entusiasmo desmedido de Enzo. Sí, la banda toca bien y el público hace la ola con una sincronización perfecta, pero Enzo está tan contento que parece que vaya a arrojarse a la muchedumbre para que lo sostengan como si fuese una estrella de rock, y mucho me temo que nadie va a acudir a su rescate.

Salvo la chica que toca el oboe. Porque he visto que le lanzaba un beso a Enzo.

—Oh —digo.

—Trinity. ¿No es maravillosa? —pregunta, y me limito a contestarle con una sonrisa porque creo que nunca he visto a nadie más feliz en toda mi vida. Es como un corazón con patas. Solo Trinity parece más feliz que él, con sus aparatos resplandecientes y sus trenzas, que le llegan a la cintura, y con unas pinceladas de rubor rosa brillante en las mejillas. Yo también me habría abierto camino entre empujones para llegar a primera fila.

Después del partido, que no ha sido un partido sino más bien una pachanga entre amigos, ya que Raven Brooks es la única ciudad del condado que ha organizado una fiesta de inauguración de temporada tan pronto, Enzo, Trinity y yo nos zampamos una hamburguesa con queso porque el restaurante de sushi ya estaba cerrado.

—Perfecto. ¿Quién preferiría una loncha de sashimi antes que una hamburguesa grasienta? —pregunta Trinity. Sé que parece imposible, pero creo que he encontrado otro bicho raro en Raven Brooks. Y eso hace que Enzo me caiga todavía mejor. Nunca he conocido a una persona que viva totalmente ajena a sus rarezas, ni a nadie que lo acepte sin avergonzarse ni siquiera un poquito.

Aunque creo que ya he visto esas cosas en mis padres. Sí, son una especie en extinción.

Después de cenar, Enzo me asesta un golpazo en el hombro.

—Voy a acompañar a Trinity a casa. ¿Estás bien?

Asiento con la cabeza. Y no miento. Estoy bien.

Estoy bien, hasta que, de camino a casa, paso por delante de la tienda de productos ecológicos y me abruman los recuerdos de pedos malsonantes y apestosos que se tiró Aaron después de haberse hartado a barritas Surviva y vuelve el sentimiento de culpabilidad.

ESPERAMOS QUE
TE LO PASARÁS
BIEN, NARF.
HEMOS SALIDO A
HACER DE PADRES

No hay ninguna luz encendida cuando llego a casa. Encuentro una nota de mamá y papá.

Enciendo la televisión y empiezo a ver *Creepathon*, pero el argumento no me convence. Después echan *Colmillo*, la versión original, pero tampoco logro engancharme. Debo reconocer que una parte de mí albergaba la esperanza de que Aaron también acudiera a la fiesta del instituto, aunque es lógico que no le apeteciera, ni siquiera antes del accidente de su madre.

Me tumbo en la cama y clavo la mirada en el techo. Empiezo a darle vueltas al coco. ¿Por qué me preocupa tanto lo que la gente pueda pensar de lo que hago o dejo de hacer? Siempre que me he mudado a una ciudad nueva, me he esforzado por pasar desapercibido y no llamar la atención. Y creo que he olvidado que las opiniones de la gente no siempre son repulsivas.

—Esto es absurdo —le digo al techo. Me levanto de la cama y arranco una hoja de papel de una libreta. Y, con un rotulador negro, escribo:

ES NORMAL
QUE NO ESTÉS BIEN.

Recupero la linterna, que tengo escondida debajo de la cama, y le cambio las pilas. La enciendo y la apago varias veces frente a la ventana. Después cojo una almohada y apoyo la linterna encima para poder sujetar el papel sobre el cristal. Observo la ventana de la casa de enfrente durante un buen rato, hasta que empiezan a escocerme los ojos y a pesarme los párpados. Al final, me doy por vencido y vuelvo a la cama, esta vez para intentar dormir. Pero dejo la nota ahí.

* * *

Me despierto gritando. O eso creo porque es lo último que recuerdo antes de levantarme de un brinco de la cama y con la espalda empapada de sudor. Me duele la garganta, como si hubiera estado chillando a pleno pulmón. Me dirijo hacia la puerta para avisar a mis padres de que tan solo era una pesadilla, para que no se preocupen.

Otro de mis sueños recurrentes. Aunque este era un poco distinto a los demás. Había algo que no encajaba.

Estaba en el carrito del supermercado, como siempre, pero a una altura considerable y, de repente, volvía a estar pululando por los pasillos en busca de la ayuda de mi madre, de mi abuela o de cualquier persona que pudiera sacarme de ese lugar en el que no debía estar. Los pasillos cada vez eran más oscuros, más siniestros, más amplios.

Sostenía una vela y, gracias a su parpadeante resplandor, avanzaba por los pasillos mientras unas sombras macabras danzaban por las paredes. Al final, llegaba a una sala que estaba totalmente vacía. Bueno, no del todo. Había una bolsa de papel grasienta. Echaba un vistazo al interior;

había un par de envases de comida para llevar y un par de cucarachas correteando por ahí. Me alejaba de la bolsa pero, en lugar de encontrar la salida, seguía arrastrándome por la negrura de esos pasillos. Estaba solo pero, un segundo después, ya no lo estaba. Me veía sentado en una silla que no dejaba de ascender y ascender. Bajo mis pies un manto de cuerpos sin rostro. Pedía ayuda, pero nadie parecía oírme. Suplicaba volver a casa y, de repente, oía una voz que hablaba a través de un altavoz que no lograba ver.

—Ya estás en casa —decía.

Y justo después la silla me arrojaba a las manos de los cuerpos que yacían en el suelo. Y empezaba a caer. Y a caer.

Y a caer.

Y en ese momento es cuando me he despertado.

Abro la puerta, pero el pasillo está desierto. Mis padres están durmiendo como dos troncos. Los pies de mi padre asoman por debajo de las sábanas. Todavía es de noche.

Cierro la puerta de mi habitación y me froto la garganta. Es imposible que mis gritos no los hayan despertado.

Echo una ojeada a la ventana y veo que la nota sigue ahí, pegada al cristal, y que la linterna todavía ilumina el mensaje. Pero cuando me acerco un poco más, me doy cuenta de que algo ha cambiado. La cortina de la habitación de Aaron está agitándose. Se ha debido de dejar la ventana abierta.

Pero no. La ventana no está abierta, sino rota. No está agrietada como antes, sino rota.

Por el agujero de la esquina se cuela una brisa nocturna. Estoy convencido de que ese agujero no estaba ahí antes de acostarme. Pero la tela de la cortina no es lo único que se agita tras el cristal roto. Advierto un trozo de papel entre la cortina y el cristal. Entrecierro los ojos para intentar averiguar qué pone en el papel, pero es absurdo. Estoy demasiado lejos.

Me guardo la linterna en el bolsillo y aparto la mosquitera de la ventana tratando de hacer el menor ruido posible, aunque no sé por qué me tomo tantas molestias porque, por lo visto, ni siquiera un terremoto despertaría a mis padres.

Bajo por el enrejado de madera, atravieso el jardín, cruzo la calle y me planto en el porche de Aaron. Creo que nunca he tenido tanto miedo como ahora. La nota. La ventana rota. Algo no anda bien.

Alzo la vista y veo que la hoja de papel sigue ahí, sacudiéndose al son de la brisa nocturna. Sin embargo, no consigo leer lo que pone. Advierto unas palabras garabateadas, pero estoy demasiado lejos y no puedo verlas.

—Esto es de locos —me digo a mí mismo, pero sé que no lo es—. Seguro que Aaron está bien —me digo a mí mismo, pero sé que no lo está.

¿Qué se supone que debo hacer? ¿Trepar por el árbol para coger la nota que claramente han dejado ahí para mí, y solo para mí?

«Sí, se supone que debes trepar por el árbol. Eso es precisamente lo que debes hacer.»

Lo voy a hacer, lo tengo decidido. Pero antes tengo que volver a casa a ponerme unas zapatillas o resbalaré por el tronco y me romperé la crisma. Y justo en ese instante, sopla una ráfaga de viento huracanado que revuelve las hojas del árbol y arranca la nota del agujero de la ventana, que sale volando hacia la calle.

Persigo ese trozo de papel como si me fuese la vida en ello y, cuando estoy lo bastante cerca, doy un pisotón para atraparlo. Me agacho poco a poco y despliego la hoja. Enseguida reconozco la letra de Aaron.

El mensaje es claro y directo.

Y dice:

Hago que ocurran cosas malas.

Ese mensaje debería bastar para que le dejara en paz de una vez por todas. Es lo que me está diciendo, de una forma que solo yo puedo comprender. Ese mensaje debería bastar para que me olvidara de Aaron Peterson y de su hermana y de su madre y de su padre y de sus deprimentes y turbias y peligrosas vidas. Ese mensaje debería bastar, pero hay ciertos detalles que no puedo pasar por alto. La ventana rota, por ejemplo.

El manchurrón de sangre seca del trozo de papel.

Si es verdad que Aaron hace que ocurran cosas horribles, cabe la posibilidad de que a él también le ocurran cosas horribles, como le pasó a su madre. Y como le puede llegar a pasar a Mya.

No es más que una nota y una ventana rota. Y, aunque el mensaje debería bastar para que deje de pensar que algo horrible está pasando en la casa de los Peterson, no puedo evitar dejar de darle vueltas al tema. Sobre todo después de echar un segundo vistazo al agujero de la ventana. La imagen es, cuanto menos, tétrica.

El rastro de sangre en los bordes afilados del cristal. La huella de una mano, manchada de una grasa negra, que advierto sobre el cristal.

Me quedo en mitad de la calle Jardín Encantador, leyendo y releyendo las palabras de Aaron hasta que la luz de la farola que alumbra mi casa empieza a parpadear y, de repente, se apaga.

Y me deja totalmente solo, y a oscuras.

Sobre la autora

CARLY ANNE WEST es autora de novelas juveniles como *The Murmurings* y *The Bargaining*. Tras licenciarse en la universidad, prosiguió sus estudios con un postgrado en literatura inglesa y en escritura narrativa en la Universidad de Mills. Actualmente vive con su marido y sus dos hijos cerca de Portland, Oregón. Para más información, visita su página web www.carlyannewest.com.